RUNNER
런너

FUSION FANTASTIC STORY
임영기 장편 소설

런너 7

임영기 장편 소설

초판 1쇄 찍은 날 § 2012년 6월 11일
초판 1쇄 펴낸 날 § 2012년 6월 18일

지은이 § 임영기
펴낸이 § 서경석

편집부장 § 권태완
편집 § 주소영
디자인 § 이혜정

펴낸곳 § 도서출판 청어람
등록번호 § 제1081-1-89호
등록일자 § 1999. 5. 31
어람번호 § 제1-1403호

주소 § 경기도 부천시 원미구 심곡2동 163-2 서경B/D 3F (우) 420-822
전화 § 032-656-4452 팩스 § 032-656-4453
http://www.chungeoram.com
E-mail § chungeoram@chungeoram.com

ISBN 978-89-251-2898-6 04810
ISBN 978-89-251-2789-7 (세트)

시 공 을 달 리 는 자

R U N N E R

FUSION FANTASTIC STORY

임영기 장편 소설

런너

도서출판
청어람

CONTENTS

제63장 기쁨조   7

제64장 크렘린궁의 밀담   35

제65장 다물 중국팀의 배신   63

제66장 파(破)런너   101

제67장 평양의 밤   137

제68장 타임리와인드   173

제69장 아! 독도!   217

제70장 다물 중국팀   245

제71장 중국의 실세   277

제63장

기쁨조

RUNNER
런너

조선민주주의인민공화국의 최고지도자가 바뀌었다.

12월 24일 저녁 중앙당 1호 청사 기쁨조 유희관이라고 불리는 모란당에서 발생한 일련의 반란사건으로 북한 권력층에 대대적인 지각변동이 일어났다.

북한 권력의 실세였던 당 행정부장 장성택과 총정치국장 최룡해 차수, 그리고 또 다른 반란음모를 꾸미고 있던 상임위원장 김영남이 연회장 내에서 사살됐다.

그리고 조선노동당 1비서 겸 국방위원회 1위원장인 김정은이 전격적으로 실각되어, 고모 김경희, 여동생 김여정과 함께 해외로 추방당했다.

그리고 반란사건이 있었던 그날 그 자리에서 김정남이 조선노동당 총비서 겸 국방위원회 위원장, 당중앙위원회 위원장, 국방위원회 위원장으로 추대되었다.

그 세 개의 지위는 아버지 김정일이 갖고 있던 것이다. 김정일은 그 지위에 오르기 위해서 몇십 년의 세월이 필요했으며, 그가 후계자로 삼은 김정은도 앞으로 10여 년에 걸쳐서 차근차근 그 지위에 오를 계획이었다.

그런데 김정남은 반란이 성공한 그날 밤에 한꺼번에 네 개의 최고 지위를 차지했다.

전례가 없는 일이며 앞으로도 그런 일은 일어나지 않을 것이다. 즉, 전무후무한 일이다.

그것은 반란을 주도했던 호위총국 사령관 강지성 대장과 인민무력부장 김정각 차수가 제의했다.

그리고 그날 밤 연회에 참가했던 반란 주도 세력이 열렬하게 찬성하여 밀어붙였으며, 나머지 인원은 차후 불이익을 당하지 않기 위해서, 실세로 등장한 김정남 세력에 편승할 수 있는 예약 티켓을 받는다는 묵약을 조건으로 찬성했다.

북한, 즉 조선민주주의인민공화국도 엄연히 하나의 국가이기 때문에 김정남이 연회장에서 총비서와 세 개의 위원장직에 추대된 것을 대내외적으로 인정, 혹은 승인을 받아야지만 효력을 발휘할 수가 있다.

북한의 최고 주권 기관이며 입법권을 지니고 있는 조직이 최고인민회의다.

김정남의 네 개의 지위를 최고인민회의에서 승인하면 그때부터 그는 조신민주주의공화국의 실질적인 최고지도자 지위에 오르게 된다.

그때까지는 최소 열흘에서 보름 정도의 시일이 걸리겠지만 오히려 잘된 일이다.

그사이에 김정남은, 아니, 김정남 배후의 다물 북한팀은 장차 진행될 '남북통일'이라는 거사에 필요한, 그리고 전폭적으로 찬성할 북한의 지식층이나 반체제 인사들을 끌어들여서 김정남의 측근, 그리고 '특급고위인사'로 발탁하는 작업을 진행하면 된다.

다물 북한팀은 이미 물밑작업을 다 해둔 상황이다. 북한 지식층과 반체제 인사들, 소위 대한민국에 호의적이며 북한의 변질된 공산정권이 반드시 붕괴돼야 한다고 믿는 인물들을 이미 완전히 포섭해 두었다.

또한 그들을 어느 부서 어떤 지위에 임명할 것인지도 다 정해놓았다.

최고인민회의에서 김정남의 네 개 지위를 부결시킬 가능성은 전혀 없다.

북한의 최고인민회의는 1948년 8월에 360명의 대의원을
선출한 이후 지금까지 김일성과 김정일의 지위나 발의(發議)
를 승인만 해왔었지 한 번도 반대를 표명하여 부결시킨 적이
없었다.

그래서 최고인민회의는 승인만을 해주는 입법기관이라는
말이 나돌 정도다.

호위총국 강지성 대장은 많이 취했다.

오늘 거사가 대성공했으며 눈엣가시 같았던 최룡해 차수
와 장성택, 김영남을 사살한 것이 그의 기쁨을 최고조로 만들
어주었다.

아직 총참모장 이영호 차수가 한 명 남아 있기는 하지만 별
로 신경 쓸 것 없다.

이제는 강지성 대장의 세상이 되었으니 이영호 차수쯤 권
좌에서 끌어내려 숙청시켜 교화소로 보내거나 쥐도 새도 모
르게 죽이는 것쯤은 손바닥을 뒤집는 것보다 쉬운 일이다.
즉, 그는 이미 죽은 목숨이다.

그뿐만이 아니다. 내일부터는 그동안 자기에게 밉보였거
나 과거에 잠시라도 자기를 멸시했던 자들, 그리고 적대관계
에 있는 자들을 족집게로 쏙쏙 뽑아내서 모조리 똥통에 처박
아줄 수 있다는 것을 생각만 하면 강지성 대장은 너무 기분이

좋아서 그저 웃음만 나올 뿐이다.

김정남이 총비서에 위원장직을 두 개나 갖게 되겠지만 별로 신경 쓸 일은 아니다.

김정남을 그 자리에 올려준 것이 강지성 대장과 인민무력부장 김정각 차수다.

두 사람이 아니었으면 김정남은 동생 김정은이 보낸 암살팀에게 죽었거나 납치를 당하거나 요행히 살아난다고 해도 정처 없이 도망 다니는 처량한 신세가 됐을 것이다.

앞으로 김정남을 허수아비로 앞세워 놓고 북한을 강지성 대장 자신과 김정각 차수 둘이서 마음대로 주무를 생각이다.

강지성 대장과 김정각 차수는 의기투합하여 죽이 잘 맞는 콤비다. 앞으로는 둘이서 북한의 최고 권력을 쥐고 휘두르게 될 것이다.

하지만 그것도 당분간일 뿐이다. 영원한 적이 없듯이 영원한 동지도 없는 법이다.

지금은 필요에 의해서 김정각 차수와 손을 잡고 동맹을 맺고 있는 척하지만 긴 안목으로 볼 때는 김정각 차수도 걸림돌이다. 그러므로 때가 되면 가지치기를 하듯이 과감하게 쳐낼 생각이다.

그리되면 강지성 대장은 명실상부 북한 최고의 권력자로 등극하게 된다.

김정남은 허수아비에 불과하니까 북한 땅에서 강지성 대장을 능가할 권력자는 한 명도 없다. 아니, 그때쯤 되면 그는 스스로 대원수 지위에 올라 김일성보다 더 위대한 인물이 될 터이다.

그렇게 이러저러한 기분 좋은 이유들 때문에 그는 그날 밤에 축하주를 너무 많이 마셨다.

그는 그래도 좋다고 생각했다. 자기 옆에는 오늘의 그를 있게 해준 호위총국 부사령관 양광춘 상장(중장)이 든든하게 앉아 있다.

또한 가장 신임하는 부하 용걸태 중좌가 호위총국 소속 군인들을 이끌고 이곳 연회장의 경호를 책임지고 있으니 무서울 것이 없다.

사실 오늘의 거사가 대성공을 거둔 데에는 양광춘 상장과 용걸태 중좌의 숨은 공이 지대했다.

아니, 그 두 사람이 다 차려놓은 밥상에 강지성 대장은 그저 숟가락만 들고 앉았을 뿐이다.

사실 처음에 반란을 제의한 것도, 그리고 한 치의 빈틈도 없이 착착 진행시킨 것도 그들 두 사람이었다.

강지성 대장이 한 일은 그저 '그렇게 하라우' 라고 허락하면서 고개를 끄덕여 준 것이 전부였다.

아니, 하나 더 있다. '그래도 괜찮을까?' 라고 말하면서 몇 번인가 염려스러운 표정을 지었던 적이 있었다.

그때마다 두 사람은 '만약 일이 잘못되면 자기들 두 사람이 다 뒤집어쓰겠다'고 강한 충성심을 보였었다.

그런데 염려는 기우에 불과했다. 두 사람이 자신했던 대로 거사는 보란 듯이 성공했다.

강지성 대장은 앞으로 자기가 어떤 지위에 오르고 어떤 상황이 되더라도 양광춘 상장과 용걸태 중좌를 그림자처럼 데리고 다닐 생각이다. 자신의 지위가 오를 때마다 두 사람도 승진시켜 줄 것이다.

"어… 부사령관, 우리 집에 가서 한 잔 더 하자우!"

양광춘 부사령관이 벤츠 승용차의 뒷문을 열어주고 기다리자 기분이 한껏 고조된 강지성 대장은 한 잔 더 하자고 혀 꼬부라진 소리를 했다.

양광춘 부사령관에게만이 아니라 한쪽 옆에 서 있는 용걸태에게도 차에 같이 타고 가자고 손짓으로 불렀다.

"저희는 이곳에서 아직 할 일이 남았습니다."

양광춘 부사령관이 정중하게 사양하자 강지성 대장은 뭔가 생각하는 것 같더니 과장된 동작으로 고개를 끄덕였다.

"아……! 그렇지! 그걸 처리해야 되는구만? 그럼 안 되겠군! 수고하게."

그는 아는 체를 했다. 자기도 오늘 밤 작전에 대해서는 잘 알고 있다는 사실을 내비치려는 행동이다. 하지만 오늘 밤에 할 일은 더 이상 없다. 강지성 대장을 혼자 보내기 위해서 그렇게 말했을 뿐이다.

뒷문이 닫히고 벤츠가 출발하더니 김정일, 김정은만 이용하는 지하차도 안으로 모습을 감추었다.

양광춘 부사령관과 용결태는 그 모습을 지켜보다가 나란히 돌아섰다.

"김정각 차수에게도 손을 써두었습니다."

"수고했소."

건물 안으로 나란히 걸어 들어가면서 53세의 양광춘이 조용한 목소리로 보고하자 용결태는 가볍게 고개를 끄덕이며 치하했다.

호위총국 내에서는 양광춘이 부사령관이고 용결태가 중좌로서 계급이 하늘과 땅 차이가 나지만 실제로는 용결태가 다물의 정요원이고 양광춘은 부요원이다. 다물의 신분은 모든 것에 우선한다, 라는 원칙이 있으므로 양광춘은 용결태의 부하인 것이다.

양광춘은 5년 전에 다물의 순수한 목적, 즉 한반도의 평화 통일과 중국의 동북3성을 점령하여 그 땅 위에 고구려 대제국을 건설한다, 라는 원대한 계획에 대해서 용결태에게 듣고는 크게 감명을 받아 엄격한 심사 끝에 부요원이 되었다.

이후 그는 두 차례 비밀리에 대한민국에 입국하여 다물에서 부요원으로서의 교육을 받았으며 다물의 대업(大業)에 대한 자세한 내용을 알게 되었다. 이후 용걸태의 측근으로서 다물의 남북평화통일계획에 적극적으로 참여하여 오늘에 이른 것이다.

방금 출발한 강지성 대장보다 10분쯤 전에 인민무력부 김정각 차수가 이곳 중앙당 1호 청사를 떠났다.

두 사람은 자신들이 타고 있는 전용차가 집으로 가는 줄로만 알고 있을 것이다.

하지만 차는 도중에 다른 곳으로 방향을 바꿀 것이고, 두 사람은 이후 영원히 집에 돌아가지 못할 것이다. 아니, 세상에 모습을 드러내지 못한다.

권력욕에 눈먼 그들은 이제 더 이상 필요하지 않은 존재들이다. 그들은 단지 김정남을 권좌에 앉히기 위한 소모품이었을 뿐이다.

그들 두 명 뿐만이 아니다. 오늘 밤 연회에 참가했던 사람들 중에서 많은 수가 집으로 돌아가지 못하게 될 것이다.

그것이 오늘 거사의 마지막 작전이다.

다음날부터 열흘 동안 북한 내부에서는 수많은 일들이 은밀하게 일어났다.

처음에는 매서운 겨울바람 같은 숙청이 단행되었다. 그것은 아마도 조선민주주의인민공화국 창건 이래 가장 큰 규모의 숙청일 것이다.

김정은 측근들은 말할 것도 없고, 과거 김일성과 김정일의 측근이었던 원로들을 비롯하여 반란을 계획하고 있던 상임위원장 김영남에게 동조했던 자들 전부가 숙청 대상에 포함되었다.

특히 북한 군부의 21개 군단 중에서 김영남과 손을 잡았던 8개 군단 군단장들과 사단장들이 줄줄이 체포되었다.

김영남은 21개 군단 중에서 16개 군단이 자신의 세력이라고 큰소리를 쳤으나 그것은 거짓말로 드러났다. 연회장에서 강지성 대장과 김정각 차수가 반란을 일으키자 자기 세력을 과시하기 위해서 뻥튀기를 했던 것이다.

북한은 군부를 최우선시하고 정치와 경제 등 모든 것들이 군부가 중심이 되고 군부에서 비롯된다는 이른바 선군정치를 강행하고 있다.

그러므로 군부를 장악하는 것이 북한 전체를 장악하는 것이나 다름없다고 해도 지나친 말이 아니다.

다물 북한팀은 김영남에게 동조했던 8개 군단의 군단장 이하 장령 급들을 숙청한 것을 비롯하여 나머지 전체 군단의 군단장과 사단장들도 깡그리 물갈이했다.

사전에 충분히 심사숙고해서 결정하고 또 사상검증과 다물의 대업에 대한 철저한 교육을 마친 군부 내 새로운 인물들을 군단장과 사단장으로 임명했다.

군부의 숙청과 인사는 비밀 유지와 속전속결이 원칙이다. 자칫 비밀이 새나가거나 시일이 늦어진다면 곧장 반란이나 군사쿠데타로 이어질 수 있기 때문이다.

군부의 일이 진행되는 동안 다른 일각에서는 내각에 대한 대대적 숙청과 물갈이가 은밀하게 이루어졌다.

당중앙인민위원회, 상임위원회, 당중앙군사위원회, 중앙위원회 위원들이 한 명도 남김없이 전부 새 인물들로 바뀌었으며, 각 위원회의 위원장은 김정남이 모두 독식했다.

또한 내각 41개 부서, 즉 6개의 위원회와 31개 성, 1원, 1은행, 2국의 책임자들과 부책임자들도 전부 새 인물들로 전격 교체되었다.

이 모든 일들은 다물 북한팀장 용걸태의 지휘 아래 한 치의 오차도 없이 착착 진행되었다.

다물 북한팀이 남북평화통일을 목표로 발족한 지 7년 만에 이루어낸 눈부신 성과였다.

흔히 있을 수 있는 군부 내의 반발이나 내각 고위인사들의 도주나 잠적 같은 것은 한 건도 없었다.

그런 것을 보면 그동안 다물 북한팀이 얼마나 철저하게 준비를 갖추었으며, 또한 빈틈없이 일을 진행하고 있었는지 짐작할 수가 있다.

중앙당 1호 청사의 거사가 일어난 날로부터 11일째 되는 날 오전, 김정남은 전격적으로 조선중앙텔레비전방송국에 출연하여 특별성명을 발표했다.

말 그대로 특별성명이다. 북한 전역으로 생방송되었으며, 방송을 시청한 북한 주민들은 그야말로 혼비백산했다.

특별성명 내용을 정리하면 다음과 같다.

1. 김정은 체제의 종식.

2. 김정남 체제의 출발.

3. 내각 정, 부총리, 41개 부서 책임자, 군부 최고위급, 각시의 책임도당비서 등의 대대적인 개편단행.

4. 중단됐던 식량배급제 북한 전역으로 확대하여 재개.

5. 핵무기 개발 전면 포기.

6. 275개 금지법령에 대한 전격적인 법개정 단행.

…등이다.

1항부터 6항까지 어느 것 하나 획기적이지 않은 것이 하나도 없다.

TV를 시청한 북한 주민들은 너무 경악해서 자신들의 눈과 귀를 의심했다.

조선중앙텔레비전방송국에서는 김정남의 특별성명 방송
이 끝난 당일에는 하루 종일 반복해서, 그리고 이후 5일 동안
연속해서 녹화방송을 송출했다. 그러므로 특별성명을 보지
못한 북한 주민은 거의 없다.

제1항과 2, 3항은 놀라운 사실이긴 하지만 북한 주민 절대
다수의 관심 밖의 사항이었다.

최고지도자가 누가 되든 북한 주민의 절대적인 관심사인
의식주, 아니, '식(食)'을 해결해 주는 일하고는 거리가 먼 사
항이기 때문이었다.

대다수 북한 주민들의 지대한 관심을 끈 사항은 제4항 '식
량배급제 북한 전역 확대 재개'라는 내용이었다.

조선민주주의인민공화국의 국가이념은 공산주의를 표방
하고 있다. 즉, 국민 전체의 교육과 주거, 식량 등 생활에 필
요한 모든 것들을 국가에서 무상으로 배급하는 것을 기본으
로 정하고 있다.

물론 북한 주민들은 아무리 일을 열심히 해도 급여를 받지
못한다. 아니, 급여 자체가 존재하지 않는다.

국가에서 지정해 준 국영공장이나 협동농장에서 일을 하
고 그 대가로 국가로부터 생활에 필요한 모든 것들을 배급받
기 때문이다. 아니, 배급받는 것이 원칙이다.

그러나 배급은 조선민주주의인민공화국 초창기를 제외하

고는 제대로 이루어진 적이 거의 없었다.

또한 배급이라고 해봐야 다 허물어져 가는 집에서 한 달에 쌀 몇 kg과 옥수수 몇 kg 정도가 고작이다.

그것으로 온 가족이 먹고살아야 하기 때문에 밥은커녕 죽을 쑤어먹어도 절대로 배불리 먹을 수가 없다.

그래서 허기진 배를 달래기 위해서 산에서 나무껍질을 벗겨서 속을 파먹거나 풀뿌리로 죽을 쒀서 근근이 목숨을 이어가고 있다.

입에 넣을 수 있는 것이라면 무엇이든 가리지 않고 먹는다. 그러다 보니까 중독되거나 탈이 나서 죽는 사람들이 허다하게 발생하는 것이 지금의 북한의 참혹한 현실이다.

돼지고기나 쇠고기는 북한 최대 명절인 태양절(4월15일 김일성 생일)에 한 가족이 한 끼 먹을 정도만 배급될 뿐이고, 과자나 설탕, 식용유 따위가 각 1kg정도, 신발과 술이 별도로 지급될 뿐이다.

하지만 그것도 평양시나 신의주, 홍남, 청진 같은 대도시에 사는 시민들에게만 특별히 제공되는 것이지 그 외의 시골에 사는 주민들은 태양절 특별 배급품 같은 것은 구경도 하지 못한다.

북한은 10여 년 전부터 평양시를 제외한 전국의 배급을 사실상 중단한 상태다.

식량을 쌓아놓고 안 주는 것이 아니라 없어서 못 주는 것이다. 배급할 형편이 못 되는 것이다.

대한민국이나 미국, 적십자 등지에서 인도적인 차원에서 지원해 주는 식량과 각종 물품들은 거의 전량을 군량미로 비축하거나 오히려 외국에 헐값으로 되팔아서 그 돈으로 장거리탄도미사일과 핵무기 개발에 밑 빠진 독에 물 붓듯이 쏟아붓고 있다.

말하자면 북한 주민들에게 골고루 나눠 주라고 받은 구호식량과 여러 물품을 군사 목적과 김정일, 김정은의 초호화생활, 취미생활, 측근들에게 선물할 고가 제품 구입 등의 명목으로 사용해 왔던 것이다.

그러니까 대한민국과 미국, 전 세계에서 북한에 식량 등 물자를 지원해 주는 것은 북한이 더 막강한 장거리탄도미사일을 개발할 수 있도록, 아직 미비한 핵무기를 더 완벽하게 만들도록, 그리고 김정일이나 김정은이 권력을 잇는 수단, 즉 측근들에게 엄청난 선물 공세를 퍼부어서 환심을 살 수 있도록 든든하게 지원을 해주는 것이나 다름없는 일이다.

지난 10여 년 사이에 북한당국은 '배급제 전면 재개' 라는 카드를 몇 차례 써먹은 적이 있었다.

지금처럼 정권이 바뀔 때나 북한 주민들의 민심이 크게 동요될 때 시기적절하게 '배급제 전면 재개' 를 발표해서 흉흉

해진 민심을 잡는 데 일시적으로 성공했다.

그러나 결과적으로는 발표한 지 한두 달 지나지 않아서 민심은 더욱 악화되기 일쑤였다. 왜냐하면 배급이 길어야 두 달을 넘기지 못했기 때문이었다.

그 '배급제 전면 재개'라는 카드를 또 실시한다는 것이다. 늘 그래 왔듯이 지금도 정권을 교체하는 시기에 딱 맞게 써먹고 있다.

김정은 체제가 물러나고 김정남 체제가 정권을 잡았으니까 동요하지 말고 말 잘 들으라는 뜻인데 배급만 잘 나와준다면야, 그래서 굶어죽는 주민들이 더 이상 발생하지 않으면 정권이 바뀌든 말든 상관하지 않는다는 것이 북한 주민들의 공통된 생각이다.

이번 김정남 특별성명에서 북한 주민들에게 제일 큰 관심을 끈 것은 '배급제 전면 재개'지만, 여태까지 그랬던 것처럼 이번에도 또 흐지부지될 것이다, 라고 지레 포기를 하면서도 어쩌면 이번에는 다를지도 몰라, 하면서 한 가닥 희망을 조심스럽게 품었다.

그 외에는 장거리탄도미사일이나 핵무기 개발을 포기하든 말든 알 바 아니다.

김정남이 전격적으로 특별성명을 발표하고 사흘이 지난

날 오전에 최고인민회의가 열렸다.

거기에서 김정남의 총비서를 비롯한 세 개 위원장직 추대가 정식으로 인준되었다.

그로써 김정남은 아버지 김정일보다 더 확고부동한 지위를 확보하게 되었다.

하지만 김정남과 새로 발탁된 측근들, 그리고 내각의 새로운 인물들을 제외한 전체 주민 대다수는 이른바 '새로운 시대'가 도래할 것이라는 사실을 기대하지도 않았고 그런 낌새조차 알아차리지 못했다.

*   *   *

연달아 일행은 평양특별시 대성구역 임흥동에 위치한 백화원 초대소에 묵고 있다.

백화원 초대소는 한 나라의 정상이 북한을 방문했을 경우에 묵는 최고급 영빈관이다.

또한 백화원 초대소에는 5과(課) 소속의 여성들이 기숙사 생활을 하며 상주하면서 귀빈들을 하나에서 열까지 완벽하게 접대하고 있다.

5과는 '중앙당조직지도부간부5과'의 약칭이다. 이곳은 북한 전역에서 당에 대한 충성심이 투철하고 신분이 좋은 최고 수준의 미소녀들을 스카우트해 오고 또 교육시키고 양성하는 기관이다.

요리사와 10여 곳에 이르는 초대소, 별장의 관리, 기쁨조의 양성을 총괄하는 곳이다.

그 유명한 기쁨조는 성적인, 즉 섹스유희를 담당하는 만족조와 마사지를 전문으로 하는 행복조, 춤과 노래에 정통한 가무조 세 가지로 구성되었으며, 오랜 기간 동안의 교육을 통해서 전공이 정해진다.

그중에서도 백화원 초대소에는 특급 기쁨조가 배치되어 있으며 100명 정도인데 그녀들의 평균연령은 19세다. 어린 소녀는 17세도 있으며 20세가 넘으면 이곳을 나가 다른 곳에 배치된다.

잘 알려지지 않은 사실이지만 김일성은 어리고 예쁜 소녀들에게 성적으로 집착했었다.

그는 소녀들과의 지속적인 섹스를 통해서 건강해질 수 있다는 중국 고대의 '소녀경'이라는 성의학서의 철저한 신봉자였다.

즉, 소녀는 더럽혀지지 않은 순수한 기운인 순음지기(純陰之氣)를 많이 지니고 있기 때문에 섹스를 통해서 그것을 흡수하여 건강해진다는 방법이다.

김일성은 주로 접이불사(接而不射)라는 방식을 실행했다고 한다. 접이불사란 삽입은 하되 정액을 사정하지 않는 것을 뜻한다.

그렇게 하면 환정보뇌(還精補腦), 즉 정기를 소비하지 않고서 정기가 뇌로 돌아가 무병장수할 수 있다고 믿었기 때문이다.

그래서 기쁨조는 김일성의 예쁘고 어린 소녀들과의 섹스를 즐기는 각별한 취미에 의해서 탄생했으며, 아들 김정일도 아버지를 닮아서 소녀들을 환장할 정도로 좋아했기 때문에 기쁨조의 활동은 더욱 왕성해졌다.

김일성과 김정일 부자의 소녀에 대한 성적 취향은 잘 알려진 사실은 아니지만 알 만한 측근들은 다 알고 있는 공공연한 비밀이었다.

북한의 새로운 최고지도자가 된 김정남은 직접 5과 책임자를 불러서 지금까지 모셨던 어떤 귀빈보다 더욱 철저하게 연달아 일행을 모시라는 특명을 내렸다. 그는 그러는 것이 최고의 접대라고 믿었다.

용걸태는 하루에 두세 차례 백화원 초대소로 와서 연달아에게 전날에 있었던 일을 보고하고 또 내일 할 일에 대해서 브리핑을 하며 최종승인을 받았다.

또한 새로 임명된 41개 부서의 책임자들을 데리고 와서 인사를 시켰으며, 연달아는 그들이 올 때마다 술을 마시거나 식사를 하며 남북평화통일에 대해서 진지하게 의견을 나누기도 했다.

그뿐만이 아니라 김정남도 하루가 멀다 하고 백화원 초대소에 찾아왔다.

그런데 백화원 초대소에서 근무하는 기쁨조나 5과 직원들의 눈에는 김정남이 매일 연달아에게 인사를 하고 또 보고를 하러 오는 것으로 비쳤다. 그것은 제대로 본 것이다. 김정남은 사실 그러려고 온 것이다.

지금까지는 이런 경우는 단 한 번도 없었다. 북한 최고지도자가 매일 연달아에게 문안인사를 드리러 오는 판국이니 5과의 책임자와 간부들이 연달아에게 어떤 접대를 했을 것인지는 구태여 긴 설명이 필요하지 않을 것이다.

연달아와 을지은한은 막중한 임무를 지휘, 감독하러 온 북한 땅에서 때아닌 호사를 누리는 중이다.

굳이 표현하자면 둘만의 달콤한 신혼여행을 만끽하는 중이라고 말할 수 있다.

두 사람은 딱히 할 일도 없기 때문에 아침식사를 하고 나서 낮에는 평양 시내와 대동강, 보통강, 고구려 유적지 등지를 두루 구경한다.

막강한 호위총국의 군인들이 두 사람을 호위하기 때문에 어딜 가도 거칠 것이 없다.

구경을 끝내고 늦은 오후나 저녁에 숙소인 백화원 초대소에 돌아오면 맛있는 진수성찬을 먹은 후에는 가무조의 질리지 않는 공연을 관람한다.

연달아와 을지은한은 북한에서의 이 시간을 가장 좋아하게 되었다.

어쩌면 그토록 아름답고 멋있게 노래하고 춤출 수 있는지 아무리 봐도 그저 감탄밖에 나오지 않아서 두 사람은 연신 박수를 쳐댔다.

밤에는 하루의 피로를 풀기 위해서 두 사람이 함께 목욕을 한다. 이때에는 기쁨조의 행복조가 정성을 다해서 두 사람의 시중을 든다.

정말 아리땁고 어린 소녀들이 실오라기 한 올 걸치지 않은 전라의 몸으로 두 사람의 몸을 구석구석 씻겨주고 또 목욕이 끝나면 세계적으로 유명하고 값비싼 향수나 오일을 온몸에 발라 정성껏 마사지를 해준다.

고구려에서의 귀족생활에 익숙한 연달아와 을지은한에게는 행복조의 그런 시중이 생소하지 않은 편이다.

두 사람은 아직 21세기의 생활에 적응을 하지 못했다. 그리고 고구려에서 누렸던 귀족생활이 몸에 배어 있으며, 성적인 면에서도 많이 개방적이다.

그렇기 때문에 두 사람의 상식을 정하는 기준은 고구려에서의 생활방식이다.

즉, 현대생활에서 부도덕하다고 하는 여러 행위를 두 사람은 별로 거부감 없이 받아들이기도 한다.

하지만 반대로 현대생활에서 대다수의 사람들에 의해서 너무나 자연스럽게 행해지는 행동들이 두 사람에겐 눈살을 찌푸리게 하는 것들도 있다.

어쨌든 두 사람은 지금이 너무 좋고 행복했다. 고방이나 아랑이 있었으면 많은 소녀들이 시중을 드는 광경을 보고 한바탕 잔소리를 늘어놓았겠지만, 고구려 사람 둘만 있으니까 고구려의 사고방식대로 행동하면 그만이다.

목욕과 마사지가 끝나면 두 사람은 나이트가운을 걸친 채 침실 창가 테이블에 마주 앉아서 간단하게 야식을 먹으면서 술을 곁들인다.

이때도 기쁨조의 가무조가 투입된다. 그녀들은 그리 넓지 않은 침실 한복판에서 서너 명이 공연을 한다.

원래 가무조의 공연은 거의 대부분 대형 규모인데 연달아 와 을지은한의 야식 먹는 시간의 공연을 위해서 따로 급조한 소규모 공연이다.

이윽고 두 사람이 잠자리에 들면 기다리고 있던 만족조가 마지막으로 투입된다.

그녀들은 17세에서 19세까지의 소녀 다섯 명이 한 조를 이루고 있으며, 연달아를 알몸으로 만들어서 침대에 눕혀놓고는 상상도 하지 못할 최고의 섹스 서비스를 눈부시게 발휘한다.

처음에 연달아는 만족조의 서비스를 받지 않겠다고 했으나 그녀들은 그럴 경우에 퇴짜를 당한 자기들이 큰 곤욕을 치르게 될 것이라고 제발 서비스를 받아달라고 눈물을 흘리면서 애원을 했다.

그럼에도 불구하고 연달아는 완곡하게 거절하여 그녀들을 돌려보냈다.

그런데 밖에서 그녀들의 상급자인 듯한 남녀의 크게 꾸짖는 소리와 그녀들을 수용소나 교화소 같은 곳으로 보낸다는 위협과 그녀들이 애절하게 흐느껴 우는 소리가 들려왔다.

보통 사람의 귀에는 전혀 들리지 않지만 연달아에겐 너무도 자연스럽게 들렸다.

그리고 그는 또 다른 사실을 알게 되었다. 자기가 소녀들을 내쫓은 것 때문에 그녀들뿐만 아니라 이곳 백화원 초대소의 거의 모든 사람들과 그들이 소속된 조직의 책임자까지도 무사하지 못할 것이라는 사실이었다.

연달아는 자신의 작은 결정 하나 때문에 많은 사람들 특히 소녀들이 큰 벌을 받아야 하는 상황이 초래되자 어쩔 수 없이 만족조를 다시 불러서 서비스를 받기로 했다. 그래서 그날 이후 지금까지 이어지고 있는 것이다.

만족조는 소녀들로만 구성되었기 때문에 원칙적으로 남자에게만 섹스 서비스를 제공한다.

또한 만족조는 여자가 남자에게 구사할 수 있는, 그리고 지상에 존재하는 모든 섹스 기술을 터득했다.

또한 5과에 소속된 전체 소녀들에게 가장 중요하게 여기는 것이 순결이다. 그래서 처음에 기쁨조에 발탁될 때 당연히 엄격한 순결검사를 시행하고, 이후에도 매월 한차례씩 순결검사를 한다.

일설에 의하면 순결검사 과정은 매우 적나라하고 또 파격적이라고 알려졌다.

이 과정에서 순결을 잃은 것으로 판명이 되는 소녀는 귀빈을 모실 자격을 상실하여 다른 부서에 배치된다.

즉, 연달아 같은 귀빈을 모시는 부서가 최상급에 속한다면 그보다는 아래 급의 부서에서 만족조 활동은 계속하게 되는 것이다.

을지은한은 그런 서비스를 받는 연달아를 흐뭇한 미소를 지으면서 바라본다.

질투 따윈 전혀 하지 않는다. 할 이유가 없다. 자기가 하지 못하는 서비스를 만족조 소녀들이 대신해 줘서 연달아를 기쁘게 해주는 것이기 때문에 오히려 고마워하고 있다.

을지은한은 오히려 연달아가 만족조 소녀 중에서 누굴 눈여겨보는지 유심히 봐두었다가 나중에 그에게 그녀와 관계를 갖으라고 은근히 종용한다.

하지만 연달아는 서비스를 다 받고 나서 최후의 관계만큼은 반드시 을지은한과 했다.

그는 남녀의 성관계는 반드시 사랑이 밑바탕 되어야 한다고 믿기 때문이다.

제64장

크렘린궁의 밀담

R U N N E R
런너

연달아가 북한에 들어온 지 16일째로, 벌써 2013년 1월이
되었다.

중앙당 1호 청사의 거사가 일어난 지 15일째 되는 늦은 아
침나절에 용걸태와 김정남이 함께 백화원 초대소로 연달아를
찾아왔다.

연달아가 처음 김정남을 정식으로 만났던 것은 투아호에
서였다.

그때 김정남은 연달아에게 조금 무례하다 싶을 정도로 막
행동을 했었다.

아마도 그 당시에 연달아가 했던 말, 즉 김정은을 몰아내고 김정남을 북한 최고지도자로 앉힌 후에 평화적인 방법으로 남북통일을 이룬다, 라는 계획 자체를 믿지 않았기 때문일 것이다.

아니, 믿고 안 믿고를 떠나서 코웃음이 나올 정도로 가소롭게 여겨졌다.

그런데 그것이 이제 엄연한 현실로 드러났을 뿐만 아니라 모든 계획들이 연달아가 말했던 대로 착착 진행되고 있는 현실을 직시했을 때 김정남은 더 이상 연달아를 우습게 볼 수가 없게 되었다.

우습게 보기는커녕 김정남은 현재 연달아를 가장 존경하는 인물로 여길 정도다.

백화원 초대소 내의 연달아와 을지은한이 사용하고 있는 거실 소파에 용걸태와 김정남이 나란히 앉아 있다. 두 사람은 마치 엄한 선생님 앞에 앉은 학생처럼 무릎을 붙이고 무릎에 두 손을 가지런히 얹은 얌전한 모습이다.

그리고 두 사람 맞은편에 연달아가 편안한 자세로 등받이에 기댄 채 다리를 벌린 자세로, 그 옆에 을지은한이 현모양처마냥 다소곳이 앉아 있다.

또한 연달아 뒤에는 서양순이 청바지에 검은색 가죽점퍼

를 입은 멋들어진 모습으로 뒷짐을 지고 우뚝 서 있다.

그녀가 그런 복장을 한 것은 투아호와 대한민국에서 며칠 동안 본 고방아의 복장이 너무 멋있었기 때문에 머리부터 발 끝까지 그녀의 모습을 따라서 해본 것이다.

그녀는 지금도 자기가 처해 있는 상황에 대해서 거의 믿지 못하고 있다.

불과 얼마 전까지만 해도 그녀는 북한 인민무력부 휘하 586부대 작전부 소속의 말단 하사였다.

홀어머니와 어린 남동생을 위해서 군대에 자원입대했고, 그것으로도 모자라서 특수부대에 지원했다. 돈을 조금이라 도 더 벌 수 있기 때문이었다.

그러나 하사 급료와 수당이라고 받아봐야 고향의 홀어머 니와 남동생에게 보내고 나면 한 푼 남는 것이 없었다. 그렇 게 해서 보낸 돈으로 가족은 간신히 입에 풀칠이나 하는 정도 에 불과했다.

그런 상황에서 희망 같은 것이 있을 리 없다. 그래도 한 가 닥 기대는 있었다. 위험하고 어려운 임무에 좀 더 많이 나가 서 생명수당을 받아 고향에 보내는 것이 유일한 기대고 희망 이었다.

그랬던 그녀가 조선민주주의인민공화국의 최고지도자를 보고서도 인사를 하지 않을뿐더러, 그 앞에 꼿꼿하게 서서 연달아가 받는 김정남의 인사와 공손함을 그녀도 함께 누리고 있는 것이다.

뽕나무밭이 변해서 푸른 바다가 되었다는 상전벽해가 과연 이런 상황이 아닐까 하는 생각이 들었다.

"다물에서 보낸 쌀 100만 톤과 밀가루 50만 톤, 옥수수 50만 톤, 돼지와 소 2만 마리씩, 각종 식품 통조림 30만 톤, 식용유 30만 톤, 유아용 분유 10만 톤이 오늘 오후부터 남포항과 홍남항을 통해서 차례로 들어올 것입니다."

용걸태가 서류를 보면서 실수를 하지 않으려고 애쓰며 더없이 공손하게 보고를 시작했다.

2011년 북한 전체 쌀 생산량이 160만 톤이라는 사실을 감안한다면, 다물이 보내는 원조물자가 얼마나 많은 것인지 미루어 짐작할 수 있을 것이다.

UN식량농업기구(FAO)가 직접 북한에 와서 실태조사를 실시한 결과에 따르면, 2011년 북한은 86만 톤의 곡물 550만 명분이 절대 부족하다고 했었다.

그것을 돈으로 환산하면 약 4억 달러고 원화로 환산하면 약 4800억 원이 필요하다.

북한은 지난 2차 핵실험과 장거리미사일 발사로 약 7억 달러를 소비했다.

북한은 모든 정책에서 군대가 최우선하는 선군정치를 하

다 보니까 곳곳에서 주민들이 굶어죽는 사태가 발생해도 군사비가 무조건 우선이다.

북한은 1990년대 중반 이후 10여 년 동안 61만 명이 굶어죽었다고 대한민국 통계청이 분석했다.

공식적인 통계가 그 정도니까 통계에 잡히지 않은 비공식적 아사자까지 합산하면 최소한 그 두 배는 될 것이다. 두 배면 무려 122만여 명이다.

북한 전체 인구가 2200만 명인데 122만여 명이 굶어죽었다는 것이 말이나 될 법한 소리인가.

세계 어느 나라에서 100명이 굶어죽었다고 해도 세계적 이슈가 될 판국에 122만여 명이 굶어죽은 나라가 대한민국의 형제인 북한이라니 기가 막힐 노릇이 아닐 수 없다.

그런데 이번에 일개 국가도 아닌 다물이 곡물과 식품을 무려 270만 톤, 돼지와 소 도합 4만 마리나 보내주었으니 그것으로 한 방에 북한 전역의 기아와 빈곤이 해결될 것이 분명하다.

만약 김정남이 그것을 되팔아서 군사비로 사용하지 않는다면 그의 특별성명 제4항을 충실하게 실행하는 것이다. 그것은 북한 정권으로서는 사상초유의 일이다.

용걸태는 보고를 이었다.

"미국과 유럽에서도 다물과 비슷한 물량의 곡물과 식품,

그리고 이곳에 필요한 의약품을 지원하겠다고 약속했습니다. 늦어도 2월 중순까지는 거의 모든 물자가 도착할 것으로 내다보고 있습니다."

연달아는 묵묵히 들으면서 이따금씩 고개를 끄덕였다.

"전 세계 언론들이 북한의 상황을 연일 머리기사로 내보내고 있습니다."

"그게 뭔가?"

'머리기사'라는 말을 처음 듣는 연달아가 처음으로 입을 열었다.

"아! 죄송합니다."

용걸태는 자신의 실수를 깨닫고 당황했다.

"그러니까 머리기사라는 것은 신문이나 방송에서 첫머리에 싣는 중요한 내용입니다."

"음. 계속하게."

용걸태는 잠시 생각을 정리하여 쓸데없는 내용들은 제외하고 중요한 내용만 보고하기로 마음먹었다.

"중국이 이번 사태에 대한 설명을 듣기 위해서 대표단을 북한에 보내겠다는 연락을 해왔습니다."

그것이 오늘 용걸태와 김정남이 함께 연달아를 찾아온 가장 중요한 일이다.

북한에서 일말의 조짐도 없이 전격적으로 김정은이 축출

되고 김정남 체제가 순식간에 정권을 잡은 직후부터 중국은 평양주재 중국대사관과 베이징주재 북한대사관을 통해서 연일 어떻게 된 일인지 해명을 요구하고 있다.

일국의 정권이 정변(政變)으로 인해서 바뀐 사실에 대해서 이웃나라가 왈가왈부할 필요도 없으며 해서도 안 된다. 그것은 그 나라의 주권을 명백하게 침해하는 일이다.

하지만 북한과 중국은 다른 나라처럼 단순한 이웃나라가 아니라 그것보다는 훨씬 더 각별하고 밀접한 관계를 유지해 왔다.

말하자면 중국은 북한의 후견인을 자처해 왔다. 6.25전쟁 때에도 미군의 인천상륙작전으로 압록강까지 밀렸던 북한군은 중국의 전신인 중공군의 참전으로 기사회생하여 지금의 북한을 유지할 수 있었다.

그때부터 북한과 중국은 끈끈한 조중관계를 줄곧 유지해 왔다.

북한이 요구하기만 하면 중국은 석유를 비롯한 대부분의 물자들을 거의 무상으로 지원해 왔다.

마치 큰형이 철없는 막내 동생을 타이르고 거두듯이 중국은 북한이 칭얼거리면 어르고 징징 울면 업어주면서 모든 뒤치다꺼리를 다해주었다.

하지만 북한과 중국은 명백한 남남이다. 중국이 북한에게 무한정 퍼주기만 하고 또 북한이 무슨 짓을 해도 오냐오냐하고 다 받아주는 데에는 그만한 이유가 있다.

그 이유는 너무도 간단명료하다. 북한이 차지하고 있는 지정학적 위치 때문이다.

만약 6.25전쟁 때 중공군이 개입하지 않았다면 대한민국은 미군을 비롯한 연합군의 도움으로 단숨에 한반도를 통일시켰을 것이다.

대한민국과 미국은 우방, 아니, 피로 맺어진 혈맹관계다. 다시 말해서 그 말은 대한민국 영토에 미군이 주둔할 수도 있다는 의미다.

상상해 보라. 압록강과 두만강을 사이에 두고 남쪽에는 한국군과 미군이, 북쪽에는 중국군이 대치하고 있는 첨예하기 짝이 없는 상황을 말이다.

1953년 당시의 중국은, 아니, 중공은 건국한 지 얼마 되지 않은 신생국가이며 인구만 많을 뿐이지 강대국 축에도 끼지 못하는 나라였다.

하지만 제2차 세계대전을 승리로 이끈 주역인 미국은 찬란하게 떠오르는 태양과도 같은 강대국이었다.

또한 미국은 공산주의를 병적으로 싫어했다. 그러므로 대한민국을 도와서 순식간에 북한을 점령한 미국이 압록강과 두만강을 넘어서 중공을 공격하지 말라는 법이 없다.

뼛속까지 군인정신으로 무장되었으며 당시 생의 목표가 공산주의 타도였던 연합군사령관 더글러스 맥아더 원수는 다 이긴 6.25전쟁에 중공군이 개입하자 미국 트루먼 대통령에게 확전을 요구했다.

이 기회에 중공을 공격하여 붕괴시켜서 공산주의 종주국 인 소련을 고립시키자는 주장이었다.

베이징과 상하이에 원자폭탄 두 발만 터뜨리면 일본처럼 중공도 무조건 항복할 것이라고 트루먼을 설득하고 또 협박 도 했었다.

하지만 트루먼은 6.25전쟁의 확전이 제3차 세계대전으로 번질 것을 우려했다.

그리고 때마침 소련은 원자폭탄 실험에서 성공하여 상당 한 위협이 되었다. 이제 원자폭탄은 미국만 보유하고 있는 것 이 아니게 되었다.

그리하여 트루먼은 끝내 승인하지 않았으며 결국 맥아더 원수를 해임하기에 이른다.

6.25전쟁은 휴전선 분단으로 끝났어도 중국은 북한을 끝까 지 포기하지 않았다.

만약 남북한이 통일된다면 제일 타격을 받고 또 피해를 입 을 나라가 중국이다.

압록강과 두만강 국경지대에 한국군과 미군을 두게 되는

것만이 두려운 것이 아니다.

중국은 거대한 영토에 비해서 자국의 바다, 즉 영해가 형편 없을 정도로 좁다.

서해는 대한민국, 북한과 절반씩 나누었고, 남쪽으로는 일본, 대만, 필리핀, 베트남 등과 한정된 바다를 두고서 영해 분쟁이 늘 끊이지 않고 벌어지고 있다.

그런데 만약 한반도가 통일되면 중국은 그나마 북한의 양해를 얻어 활보하던 서해 북쪽에서조차 활동이 자유롭지 못하게 될 것이다.

중국 해군의 자랑인 북해함대는 칭다오가 모항이며 서해가 주무대다.

그런데 그곳에서 대한민국 해군 함정들과 미국의 오하이오급 핵잠수함, 니미츠 급 핵항공모함, 배수량 7000톤부터 1만톤에 육박하는 구축함, 순양함, 이지스함들이 시도 때도 없이 들락거리는 것을 상상해 보라.

더구나 중국은 태평양으로 나가려면 대한해협을 통과할 수도, 일본 남쪽 근해를 통과할 수도 없기 때문에 무지막지한 거리를 돌아가야만 한다.

중국 영토가 태평양 쪽으로는 한 뼘도 없기 때문이다. 중국 영토는 동쪽으로 뻗어나가다가 남쪽에서는 북한에 북쪽에서는 러시아에 의해서 위아래로 차단된 모양새다. 태평양으로 나갈 수 있는 동해와 불과 20여 ㎞를 남겨두고 차단된 안타까운 모양의 영토이다.

하지만 북한이 건재할 경우에는 나진항이나 청진항, 원산항 등을 거래에 의해서 마음대로 사용할 수 있게 될 것이며, 또한 그곳을 통해서 태평양을 제집 드나들 듯이 활보할 수 있게 된다.

실제로 중국은 얼마 전 김정일 체제에서 나진항 4, 5, 6호 부두를 50년 동안 사용할 수 있는 계약을 체결한 것으로 알려져 있다.

중국은 또한 북한의 라선특구에 비행장과 화력발전소를 지어주기로 했으며, 중국 동북3성의 지린성 투먼에서 라선특구까지 55㎞ 구간의 철도를 놓기로 합의했었다.

이것이 성사될 경우에 중국의 물류와 군사물자가 철도를 통해서 라선특구에 밀려들어 동해를 제집 앞마당처럼 사용할 것이며, 중국의 북해함대가 동해와 태평양에서 활보하게 될 날도 멀지 않은 것이다.

이 외에도 중국이 남북통일을 절대로 원하지 않는 이유는 셀 수 없을 정도로 많다.

"지금 상황에서는 아무래도 중국 대표단의 입국을 거부하는 것이 좋겠지요?"

용걸태가 조심스럽게 묻자 옆에서 김정남이 동의하듯 가

볍게 고개를 끄덕였다.

그러나 연달아는 즉시 대답하지 않고 팔짱을 낀 채 깊은 생각에 잠겨들었다.

사실 그는 북한에 머물고 있는 동안 중국에 대해서 많은 생각을 했다.

그리고 아직 결정을 내리지 못한 상태다. 그런데 지금 그 결정을 내려야 할 때가 온 것 같다.

용걸태는 연달아가 생각을 끝낼 때까지 기다리고 있는데, 김정남이 조심스럽게 말을 꺼냈다.

"저… 우리가 앞으로 중국하고 전면전을 벌이게 될 것이라면 아예 이 기회에……."

"입을 닫으시오."

그런데 갑자기 서양순이 나직하고 강한 목소리로 김정남을 꾸짖었다.

김정남이 움찔해서 쳐다보니 그녀는 무서운 표정으로 그를 쏘아보고 있었다.

김정남은 자신이 연달아의 생각을 방해하는 큰 실수를 저질렀음을 깨닫고 서양순을 보면서 머쓱하게 미소를 지으며 고개를 끄덕이고 나서 입을 다물었다.

서양순은 잠시 더 김정남을 쏘아보다가 시선을 거두었다. 그녀는 김정남이 무례하게 연달아의 생각을 방해한다는 사실 때문에 앞뒤 가리지 않고 그를 꾸짖었다.

만약 그가 북한의 최고지도자라는 생각을 먼저 했다면 절대로 할 수 없는 행동이었다.

그녀는 단지 연달아를 지상최고의 존재로 여기기 때문에 반사적으로 김정남을 꾸짖은 것이다.

그리고 그녀는 그 한 방으로 인해서 김정남이나 북한에 대해서 지금껏 품고 있던 두려움 따위를 깡그리 날려 버릴 수 있었다.

이윽고 연달아는 10여 분 만에 생각을 끝냈다. 아니, 지난 보름 동안의 고민을 이제 끝냈다고 해야 맞다.

"원래대로 한다면 중국 대표단을 받아들여야 하는가?"

그의 질문에 용걸태와 김정남은 똑같이 고개를 숙였다.

"그렇습니다. 중국 대표단을 융숭히 대접하고 갑자기 정권이 바뀐 사실에 대해서 중국 대표단이 납득할 수 있도록 최선을 다해서 설명을 해야 합니다. 그게 여태까지의 북한의 관행이었습니다."

연달아는 가볍게 고개를 끄덕였다.

"그럼 그대로 하게."

"네?"

"무슨 말씀이십니까?"

용걸태와 김정남은 똑같이 놀라 연달아를 쳐다보았다. 남북한이 평화적인 방법으로 통일되고, 이후에 남북한 단일국가가 중국을 공격할 것이라면 구태여 그럴 필요가 없다고 생각하기 때문이다.

연달아는 팔짱을 낀 채 담담한 표정으로 조용히 말했다.

"전체 계획을 바꿔야겠어."

느닷없이 전체 계획을 바꾸다니, 용걸태와 김정남은 소스라치게 놀라고 말았다.

그렇다면 대체 어디에서부터 어디까지 바꾼다는 말인가. 두 사람은 무슨 말인지 알아듣지 못해서 어리둥절했다.

연달아는 진지하게 말문을 열었다.

"남북평화통일은 없었던 일로 한다."

"에엣?"

"아니, 그게 무슨······."

용걸태와 김정남은 너무 놀라서 동시에 소리치며 자리에서 벌떡 일어섰다. 그들뿐만 아니라 을지은한과 서양순도 놀라서 얼굴 표정이 변했다.

지금까지 온갖 노력을 쏟아부어서 이루었고 또 진행하고 있는 계획을 말 한마디로 없었던 일로 하자니, 말이 되지 않는 일이었다.

그러나 연달아는 시종일관 느긋했다.

"우리는 중국을 철저하게 속일 필요가 있다."

"무슨 말씀이신지……."

용걸태는 한 가닥 희망을 건 복잡한 표정으로 연달아를 바라보았다.

"만약 남북한이 통일되면 중국은 반드시 극도로 긴장할 것이고 혹시 남북한 단일국가가 중국에 대해서 도발이라도 하지 않을까 촉각을 곤두세우며 전군에 비상사태를 내리게 될 것이 분명하다."

"당… 연히 그렇겠지요."

"중국을 일부러 긴장시킬 필요는 없다. 중국이 그러는 것은 우리에게 조금도 도움이 되지 않아."

순간 용걸태와 김정남은 정신이 번쩍 들고 머릿속이 환해지는 느낌을 받았다.

두 사람은 그제야 비로소 연달아의 의도를 조금 알아차리고 표정이 밝아졌다.

연달아의 말이 백 번 옳다. 전쟁을 하는 목적은 무조건 승리하는 것이다.

그리고 승리를 하려면 기습이 최고다. 그런데 일부러 중국에게 전쟁을 하게 될지도 모르니까 준비를 해라, 라고 친절하게 알려줄 필요가 없는 것이다.

"그렇다면 계획의 많은 부분을 수정해야겠군요."

"그렇다. 이곳의 일은 너와 다른 정요원들, 그리고 김정남

둘이 의논해서 실행하고, 다물에는 내가 알리겠다."

"알겠습니다."

용걸태와 김정남은 일어나서 공손히 허리를 굽혔다.

연달아의 한마디로 다물의 운명이 걸린 계획이 전면 수정을 하게 되었다.

하지만 용걸태와 김정남은 종전의 계획보다 연달아가 방금 내린 결정이 비교도 할 수 없을 정도로 월등하다는 사실을 잘 알고 있다.

미처 거기까지는 생각하지 못했던 두 사람은 감탄을 금하지 못했다.

연달아의 결정은 어떻게 보면 간단한 '생각의 전환' 같지만, 두 사람이라면 죽을 때까지도 생각하지 못했을 기발한 발상이 아닐 수 없다.

그래서 두 사람은 자신들과 연달아는 근본적으로 사람됨이 다른 그릇이라는 생각이 들었다.

용걸태와 김정남이 하나의 나라, 즉 일국(一國)을 담을 수 있는 정도의 그릇이라면, 연달아는 전 세계를 담을 수 있는 거대한 그릇인 것이다.

그때 김정남이 무슨 생각을 했는지 조심스럽게 물었다.

"그렇다면 제가 특별성명에서 핵무기 개발을 포기하겠다고 한 조항을 삭제할까요?"

연달아는 고개를 가로저었다.

"아니다. 그대로 둬."

현재의 김정남이 연달아를 대하는 태도를 보면 두 가지를 짐작할 수가 있다.

첫째는 그가 연달아를 무척 존경하고 있다는 사실이고, 둘째는 다물의 고구려 제국 건설 계획을 진심으로 지지하고 있다는 것이다.

"그 조항을 그대로 두면 북조선이 갑자기 지나치게 유화정책을 쓴다고 중국이 경계할 수도 있습니다만."

과연 그의 말이 맞다. 지금까지 강성일변도로만 나갔던 북한이 갑자기 제 스스로 핵무기를 포기하겠다고 하면 어느 나라라고 해도 우선 의심부터 하게 될 것이다.

더구나 북한과 밀접한 이해관계가 얽혀 있는 중국으로서는 더욱 그럴 것이다.

혹시 북한과 대한민국이 무슨 모종의 은밀한 거래라도 하는 것이 아닌가 의심할 수 있다는 뜻이다.

용결태도 김정남의 말이 옳다는 듯한 표정이다.

연달아는 잠시 생각하더니 이윽고 고개를 가로저었다.

"아니다. 그 조항은 그대로 두는 것이 좋겠다."

"괜찮겠습니까?"

"현재 제일 시급한 것은 북한 주민들을 굶주림에서 벗어나게 하고 아픈 사람들을 치료하는 것이다. 대한민국과 미국, 일본, 유럽으로부터 식량과 식료품, 의약품들을 지원받으려면 명분이 필요하다."

용걸태와 김정남은 연달아의 말뜻을 충분히 알아들었다. 북한이 전격적으로 핵무기를 포기한다고 선언하고 또 핵사찰을 받아들일 것이며, 탈퇴했던 핵확산금지조약(NPT)에도 재가입한다고 천명했기 때문에 대한민국과 여러 나라가 식량과 의약품 등을 지원하는 것이지, 그렇지 않다면 지원할 이유가 없는 것이다.

달리 말해서 그것은 김정은 체제와 김정남 체제가 다를 것이 없다는 의미이기도 하다.

만약 김정남의 특별성명 중에서 '핵무기 포기'라는 조항을 철회한다면 대한민국과 국제사회는 북한에 대한 지원을 전면 중단할 것이 분명하다.

그렇게 되면 굶주림과 병마의 이중고에 빠져 있는 북한 주민들을 구해낼 방법이 없다.

그들을 대대적으로 구제하려면 얼마나 지속될지 모르는 중국과의 전쟁이 끝날 때까지 기다려야 하는데, 그때까지 또 얼마나 많은 북한 주민들이 죽어나가겠는가. 그것은 생각만 해도 몸서리쳐지는 일이다.

중국의 의심을 받지 않기 위해서 '핵무기 포기' 조항을 철회하는 대가로는 지나치게 큰 것이다.

그래서 연달아는 특별성명의 '핵무기 포기' 조항을 그대로 두어 중국이 다소 경계를 하더라도 북한 주민을 구하는 쪽으로 결심을 굳힌 것이다.

김정남은 중국에 대한 감정이 매우 좋지 않다. 김정은이 보낸 암살팀을 중국의 공안요원들이 도왔다는 사실은 중국이 그동안 보호하고 있던 김정남을 버렸다는 뜻이다. 즉, 이용가치가 없어졌다고 판단했다는 것이다.

그것도 그거지만 김정남이 중국을 더 싫어하는 이유는 북한의 쇄국정치, 그리고 김일성, 김정일에 이은 김정은까지의 3대 세습에 중국이 큰 몫을 했기 때문이다.

중국은 자기네는 개방정책을 펴서 세계 제2의 경제대국이 되었지만, 입으로만 형제의 나라라고 떠들어대는 북한이 개방을 하는 데에는 그다지 적극적이지 않았다. 오히려 반대하는 입장을 견지해 왔다.

자기네만 잘살면 된다는 이기심도 작용을 했겠지만, 북한이 오래도록 봉건세습체제와 쇄국정치를 유지하여 중국의 완충지대 역할을 해주기를 바라기 때문이다. 구밀복검(口蜜腹劍), 중국은 입으로는 달콤한 말을 하지만 뱃속에는 날카로운 칼을 감추고 있는 것이다.

김정남이 연달아에게 공손하게 말했다.

"제가 핵무기 포기를 선언한 이유는, 북한 주민들을 굶주림과 병마에서 구하자는 순수한 의도에서였습니다. 그러므로 중국 측에 구태여 거짓말을 할 필요가 없습니다. 핵무기 개발을 포기하는 대신 북한 주민들을 살릴 것이라고 정정당당하게 말하겠습니다."

연달아는 빙그레 미소 지으며 고개를 끄덕였다.

"그렇게 해라."

김정남도 조금씩 연달아를 닮아가고 있는 것 같았다.

용걸태와 김정남이 돌아가고 나서 연달아와 을지은한은 오늘도 평양 시내를 구경하려고 외출 준비를 하고 있었다.

그런데 용걸태의 부하 부요원 한 명이 급히 달려들어 와서 매우 조심스럽게 보고했다.

그는 호위총국 군인들을 지휘하여 연달아와 을지은한을 호위하는 임무를 맡고 있다.

"중국의 국안부(국가안전부) 요원들이 백화원 초대소 주위를 감시하기 시작했습니다."

이어서 부요원은 중국의 국안부라는 조직에 대해서 자세히 설명했다.

그리고 그들이 평양주재 중국대사관에 무관이나 다른 몇 가지 신분으로 위장해서 들어와 공공연하게 활동하고 있다는 사실도 알려주었다.

연달아는 그것에 대해서도 이미 염두에 두고 있었다. 그래서 용걸태에게 북한 내에 들어와 있는 중국인들에 대해서 감시를 철저히 하라고 지시를 해두었다.

그러니까 원래 호위총국의 사복군인들이 감시를 하고 있던 중국대사관의 국안부 요원들이 연달아와 을지은한이 묵고 있는 백화원 초대소를 감시하기 시작했다는 것이다.

지금까지는 중국 측이 백화원 초대소를 감시하지 않았다. 그것은 연달아와 을지은한이 백화원 초대소에서 머물고 있다는 사실을 극비에 부쳤기 때문이다.

그런데도 중국대사관의 국안부 요원들이 늦게나마 알아냈다는 것은 북한 지도층이나 백화원 초대소를 담당하고 있는 5과 내의 직원들, 혹은 기쁨조에 중국과 내통하는 첩자가 있다는 뜻이다.

그 첩자가 누군지 색출해 내는 것은 어렵지 않은 일이다. 하지만 그렇게 하면 중국대사관이 의심을 하게 될 것이니 구태여 그럴 필요까지는 없다. 이쪽에서 대책을 마련하면 되는 일이다.

"괜찮다."

부요원은 중국 측의 감시 때문에 오늘만큼은 연달아와 을지은한이 평양 시내를 구경하는 것을 자제해 주기를 원했으나 연달아는 대수롭지 않다는 듯 손을 저었다.

"하지만······."

"이러면 되겠나?"

부요원이 허리를 굽히면서 말하는데 연달아가 그의 머리 위에서 조용한 목소리로 물었다.

부요원은 허리를 펴고 그를 쳐다보다가 깜짝 놀랐다.

"앗!"

방금까지 앞에 서 있던 연달아의 모습은 간 데 없고 전혀 낯선 사람이 서 있었기 때문이다.

그뿐만이 아니라 옆에 서 있는 을지은한도 완전히 다른 모습으로 변해 있었다.

만약 두 사람이 입고 있는 옷이 방금 전까지 입고 있던 옷이 아니었다면, 그리고 연달아의 목소리를 듣지 못했다면 부요원은 두 사람이 연달아와 을지은한이 아니라고 생각했을 것이다.

연달아가 전능을 발휘하여 자신과 을지은한을 다른 사람의 모습으로 바꾼 것이다. 현재 그의 전능으로는 못할 것이 없을 정도다.

그런데 을지은한은 다물의 정요원이며 CIA 요원인 한상회의 모습으로 변신한 모습인데, 연달아는 일지매 정옥군으로 변신했다.

그래서 을지은한은 그를 보다가 깜짝 놀라더니 곧 씁쓸한 표정을 지었다.

얼마 전까지 자신과 정옥군이 연인 관계였다는 사실이 생각났기 때문에 많이 어색한 것이다.

"옥군 모습은 좀 그런가?"

연달아는 별생각 없이 정옥군으로 변해놓고서 뒤늦게 을지은한이 싫어할 수도 있을 것이라는 생각이 들었다. 그는 여자의 마음을 헤아리는 데는 젬병이다.

그때 그의 얼굴이 즉시 고선우의 얼굴로 변했다. 0.1초도 걸리지 않았다.

"앗!"

부요원은 이번에는 연달아의 얼굴이 순식간에 다른 얼굴로 변하는 것을 제대로 발견하고는 너무 놀라서 자기도 모르게 비명을 질렀다.

"이 얼굴로 밖에 나가면 되겠느냐?"

연달아가 묻자 부요원은 멍한 표정을 짓고 있다가 화들짝 놀라서 마구 고개를 끄덕였다.

"네… 네. 괜찮습니다."

그사이에 을지은한은 자신의 얼굴을 거울에 비춰본 후에 연달아에게 다가와 팔을 붙잡고 문으로 향했다.

"제 모습은 누구예요?"

"응. 한상희야."

"와아! 제가 그렇게 아름다운 모습으로 변한 거예요?"

그녀는 자기가 아름다운 모습으로 변한 것이 몹시 기분이 좋은 듯했다.

하지만 그녀의 미모는 한상희에 비해서 나으면 나았지 절대 꿀리지 않는다.

한상희가 당당하고 활달한 서구형의 미인이라면, 을지은한은 다소곳하고 청초한 한국형 미인이다.

*　　*　　*

러시아 모스크바 크렘린 대통령궁.

블라디미르 푸틴 대통령이 저녁식사 만찬에서 최측근들과 식사를 하고 있다.

그의 최측근은 총리와 부총리들, 그리고 다수의 실로비키(Silovlkl:검찰, 치안, 군부 등 무력부처 출신 정치파벌)로 이루어져 있다.

그들은 모두 푸틴의 최측근이며 이른바 '푸틴의 남자들'로 불리고 있다.

그런데 푸틴과 최측근들만 모여 있는 자리에 외부인이 한 명 섞여 있다. 더구나 그 사람은 상석에 앉은 푸틴과 어깨를 나란히 하고 앉아 있다.

푸틴이 일국의 정상과 만찬을 할 경우에는 마주 보고 앉는 것이 정석인데 지금처럼 옆에 나란히 붙어 앉았던 사람은 찾아볼 수가 없다.

더욱 놀라운 것은 그 사람이 동양인이라는 사실이다. 최고급 정장 차림에 푸틴과 비슷한 나이인 50대 중반으로 보였고, 중후하면서도 함부로 범접하기 어려운 기품을 지녔다. 또한 운동으로 다져진 푸틴의 당당한 체구와 비교해도 꿀리지 않는 딱 벌어진 체구의 소유자다.

그는 푸틴과 나란히 앉았으면서도 전혀 기죽지 않은 모습이며 입가에 부드러운 미소를 머금은 채 와인글라스를 들어 푸틴과 잔을 부딪치며 유창한 러시아어로 대화를 나누고 있었다.

지금 그 사람과 푸틴이 나누는 대화는 세계 질서를 뒤흔들어 놓을 엄청난 내용이다.

그런데도 그 사람이나 푸틴 둘 다 여유 있고 느긋한 사뭇 화기애애한 모습이다.

러시아 대통령 직을 두 차례 8년 동안 수행하고 총리 한차례 4년, 그리고 세 번째 대통령이 된 푸틴은 전 세계가 인정하는 사내 중의 사내다.

그가 독재자이면서도 러시아 국민들에게 압도적인 지지를

받는 이유는, 철저한 애국자이며 민족주의자이고 또한 국민 한 사람 한 사람의 고충을 진심으로 가슴 아파하고 이해하는 박애주의자이기 때문이다.

이윽고 푸틴이 엷은 미소를 지으며 옆에 앉은 사람을 향해서 술잔을 들어 올렸다.

"좋소. 내 약속하겠소, 미스터 연."

정장의 사내는 연정토였다. 그는 푸틴과의 밀담에서 최종 약속을 받아내자 속으로 안도의 한숨을 쉬었으나 겉으로는 내색하지 않고 빙그레 미소를 지었다.

"고맙소. 미스터 푸틴."

쨍―

두 사람은 가볍게 잔을 부딪치고 단숨에 술을 비웠다.

연정토는 푸틴에게 구태여 약속을 재확인하지는 않았다. 그러나 비록 구두 약속이지만 사나이끼리의 약속이다. 연정토가 약속을 먼저 깨지 않는 한 푸틴이 먼저 약속을 어기는 일은 없을 것이다.

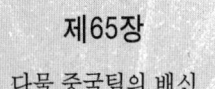

제65장

다물 중국팀의 배신

R U N N E R
런너

"항명?"

다음날 고선우와 한상희의 모습을 하고서 평양 시내 관광을 마치고 돌아온 연달아와 을지은한을 기다리고 있는 한 가지 소식이 있었다.

방금 북한 군부 내의 항명사건에 대해서 보고한 용걸태는 자신의 불찰인 양 송구스러운 듯 고개를 조아렸다.

"어디냐?"

"4군단과 5군단입니다. 둘 다 황해도와 강원도에 주둔하고 있는 최전방 부대입니다."

"최전방 부대라는 것은 대한민국과의 국경 근처에 주둔하고 있다는 뜻이냐?"

"그렇습니다. 둘 다 휴전선에 배치되어 있습니다."

연달아의 '국경'이라는 말을 용걸태가 '휴전선'이라고 고쳐 주었다.

연달아는 북한 군부의 반발이 있을지도 모른다고 예상하고 있었기 때문에 그다지 놀라지 않았다. 하지만 순조롭게 진행되고 있던 북한 군부의 지휘관 교체에 제동이 걸린 것은 분명히 좋지 않은 일이다.

용걸태는 이해를 돕기 위해서 테이블에 북한군의 군사 배치 현황을 한눈에 볼 수 있는 전략지도를 펼쳤다.

"4군단은 여기, 5군단은 여깁니다."

4군단은 내륙인 사리원을 포함한 황해북도와 서해를 면하고 있는 해주를 포함한 황해남도 거의 전역에 걸쳐서 주둔해 있다.

그리고 5군단은 휴전선 중부 지역에서부터 동해까지, 그리고 위로는 원산에 걸쳐서 포진하고 있었다.

전략지도에 각기 다른 여러 색으로 빗금이 쳐져 있어서 알아보기 쉬웠다.

"어떤 상황이냐?"

"4군단은 새로 임명한 군단장과 사단장들을 받아들일 수 없다면서 그들을 모두 체포하여 감금해 둔 상황에서 26, 28보병사단의 부사단장 중장 두 명과 상륙경보병여단장, 정찰여단장 소장 두 명이 군단을 장악하고 있습니다. 항명에 명령불복종, 집단행동 등의 죄입니다."

"음."

"자세한 것은 알 수 없지만, 많은 수의 장교들이 동조하고 있는 듯합니다."

용걸태는 5군단에 대해서 보고하기 전에 잠시 심각한 표정을 지었다. 그것은 4군단보다 5군단의 상황이 더 심각하다는 뜻이다.

"5군단은 5, 12, 25, 45, 네 개의 보병사단과 두 개 경보병여단, 그리고 한 개 정찰여단으로 이루어졌는데, 누구에 의해서 장악됐는지는 알아내지 못했으며, 아마도 무력시위를 할 것 같은 징조가 포착되었습니다."

지금까지 담담하던 연달아는 가볍게 눈살을 찌푸렸다.

"군사행동을 하겠다는 것이냐?"

"그런 것 같습니다."

"위험하군."

"그렇습니다."

연달아가 무겁게 중얼거리자 용걸태는 고개를 조아렸다.

잠시 침묵이 흘렀다. 연달아는 피해를 최소화하는 가장 좋은 방법을 생각해 내려고 생각에 잠겼다.

두 개 군단의 항명사건은 단순한 일이 아니다. 열흘 전에 전체 12개 군단과 6개 기계화, 전차군단의 군단장과 각 사단장들을 전격 교체했는데 그중에서 두 개 군단이 항명을 하고 있는 것이다.

일단 4군단은 새로운 군단장과 사단장들을 받아들일 수 없다는 강경한 입장을 보이고 있으며, 5군단은 항명의 이유가 무엇인지 밝혀지지 않았다. 그런데 군사행동을 하려고 든다는 것이다. 하지만 파고들면 5군단도 대동소이한 이유일 것이다.

그러나 연달아는 그들의 항명 이유가 그것이 아닐 것이라고 추측했다.

부사단장이나 사단장, 군단장 같은 장성 급들은 친애하는 최고사령관 동지가 하사한 고급 주택과 자가용, 그리고 풍족한 최고급 배급품으로 호사로운 생활을 하기 때문에 배고픔 따위는 알지 못한다.

하지만 전체 군인 대다수를 차지하고 있는 부사관이나 사병들은 쌀밥에 고깃국은커녕 옥수수 죽이나 삶은 감자조차도 배불리 먹지 못하는 비참한 군 생활을 영위하고 있다.

북한군 대다수의 키가 160cm를 넘지 못하고 체중은 거의 40kg 이하다.

대한민국에서는 초등학교 고학년이나 중학교 저학년 정도 수준에 불과하다.

여북하면 군인들이 민간인들의 집에 식량을 도둑질하거나 강도질을 하는 바람에 주민들 사이에서 '군부대가 없는 곳이 살기 좋은 곳'이라는 말이 나돌 지경이겠는가.

뿐인가. 여군들에 대한 성폭행은 다반사로 일어나고, 임신을 해도 낙태를 할 수 없는 상황이므로 복대로 배를 칭칭 묶은 채 근무를 하고 있는 상황이다. 또한 생리대는 일 년에 단 한 차례 지급될 뿐이다. 그 정도면 다른 것은 더 이상 말해서 무엇 하겠는가.

그러므로 장성 급들의 불만이 인사발령에 있다면, 부사관이나 사병들의 불만은 오로지 배고픔, 그리고 보급품의 절대 부족에 있는 것이다.

장성 급들이 별 하나 더 달고 싶어서 안달복달하고 있을 때, 부사관과 사병들은 주린 배를 움켜쥐고 어떻게 해서든 옥수수 죽 한 그릇 더 먹고 싶어서 혈안이 되어 있는 것이니, 요구하는 바가 근본적으로 다르다.

그리고 부사관과 사병들을 직접 지휘하는 장교들은 그들의 곤핍한 처지를 너무도 잘 알고 있다. 또한 장교들의 처지도 사병이나 별반 다를 바가 없다.

그렇기 때문에 장교들은 전적으로 부사관과 사병들 편이

라고 할 수 있다.

결국 4군단과 5군단의 항명사건은 표면적으로는 부사단장들의 인사발령에 대한 불만인 것처럼 보이지만, 실상은 장교 이하 부사관과 사병들의 오랜 비참한 생활이 곪고 곪았다가 마침내 터진 것이라고 할 수 있다.

말하자면 항명사건의 이유는 동상이몽(同床異夢)이다. 서로 같은 침대에서 잠을 자고는 있지만 각각 다른 꿈을 꾸고 있는 것이다.

이윽고 연달아는 10여 분 동안의 생각을 끝내고 용걸태에서 물었다.

"다물에서 보낸 지원품은 어찌 되었느냐?"

"어제 저녁에 함흥항과 원산항에 도착하여 현재 하역작업을 하는 중입니다. 모레쯤 돼야 하역이 모두 완료될 것이라고 합니다."

"지원품을 군부대에 최우선 지급하라."

"4군단과 5군단에 말씀이십니까?"

용걸태는 깜짝 놀라는 표정으로 물었다. 그는 연달아의 말을 듣는 순간 4군단과 5군단이 항명을 하고 있는 진짜 이유가 무엇인지 깨달았다.

장성 급과 사병들의 항명 이유가 각기 다른 것이다. 북한 토박이 용걸태조차 미처 거기까지는 생각하지 못했는데, 북한에 온 지 18일째인 연달아가 그런 깊은 것까지 파악해 낸 것이니 그저 놀라울 뿐이다.

연달아는 고개를 가로저었다.

"아니다. 전군에 빠짐없이 최우선 지급하라. 지원품 하역이 완료되기를 기다리지 말고 하역된 것부터 조속히 지급하도록 해라."

"알겠습니다."

식량과 각종 식료품, 그리고 의약품 등이 풍족하게 전군에 지급되면 항명사건은 자연적으로 소멸될 것이고, 체제에 대해서 불만을 품고 있던 군인들도 언제 그랬느냐는 듯이 수그러들 것이 분명하다.

"그 후에 항명 주모자들을 잡아들이겠습니다."

"그럴 필요 없다."

"네?"

"기다리면 된다."

"……"

하지만 용결태는 연달아의 말이 무슨 뜻인지 알아듣지 못하고 의아한 표정을 지었다.

하긴, 수십만 대군을 지휘했던 요동욕살의 용병술을 어찌 용결태가 짐작조차 할 수 있겠는가.

　　　　*　　　*　　　*

　김정남은 중앙당 1호 청사 자신의 집무실에서 눈코 뜰 새
없이 바쁜 시간을 보내고 있다.

　새로 임명한 최측근 인민무력부장과 총참모장, 총정치국
장, 호위총국 사령관, 국가안전보위부장 등이 검토해서 올린
수많은 보고서와 계획서 따위들을 건성으로 읽지 않고 일일
이 꼼꼼하게 확인한 후에 최종결재를 하는 것이 그의 일이다.

　또한 최측근을 비롯하여 내각 총리와 부총리들, 그리고 41개
부서의 부서장들과 회의, 면담을 하는 것도 중요한 일과 중 하
나다.

　그는 매사에 대단한 열성을 갖고 임하고 있다. 남북한이 피
한 방울 흘리지 않고 평화적으로 통일이 되고, 또 중국의 동
북3성을 되찾아서 대고구려 제국을 건설한다는 상상만 해도
피가 뜨겁게 끓었다.

　그는 할아버지와 아버지처럼 북한의 정권을 거머잡아 독
재를 하는 것에는 조금도 관심이 없다.

　그는 유럽이나 서방에서 제대로 된 교육을 받았으며, 또한
자본주의의 자유분방한 생활이 너무 좋다는 사실을 뼛속 깊
이 인식하고 있는 사람이다.

　그렇기 때문에 한 사람의 독재자로 인해서 수천만 명이 고

통을 받아야 한다는 사실에 몸서리를 치고 있다. 더구나 자신이 그런 독재자가 되어야 한다는 사실에 대해서는 꿈도 꾸지 않고 있다.

오히려 그는 할아버지와 아버지로 인해서 극도로 피폐해진 북한의 경제와 복지, 그리고 고통에 신음하고 있는 북한 주민들을 구하는 일에 자신의 모든 것을 걸었다. 그것은 선대의 죄를 대신 갚는 숭고한 도전이다.

그래서 그는 잠시 쉬는 시간마저도 아까워서 거의 하루 종일 책상 앞에 앉아 있다. 또한 보고서를 검토하는 것이나 만나는 사람들에게 혹시 소홀하지 않았는지 자기 스스로 되돌아보기를 반복하고 있다.

지금 그는 책상에 산적한 보고서와 컴퓨터 모니터에 띄운 자료를 번갈아 보면서 잘못된 것이 없는지 확인하면서 검토하는 중이다.

넓고 화려한 집무실 안에는 용걸태가 가장 신임하는 부요원들이 입구 쪽에 네 명, 김정남 좌우와 뒤쪽에 네 명 도합 여덟 명이 우뚝 선 채 미동도 하지 않고 있다.

그리고 집무실 밖에는 호위총국에서 선발된 스무 명의 부사관 급 경호원들이 지키고 있다.

그뿐이 아니다. 호위총국 군인들에 의해서 건물 전체가 철통같은 경호 속에 있기 때문에 개미 한 마리 마음대로 들어오지 못할 정도다.

척!

그런데 집무실의 고요한 적막을 깨고 갑자기 문이 벌컥 열렸다. 김정남 집무실에 함부로 문을 열고 들어올 사람은 아무도 없다.

설혹 용걸태나 연달아라고 해도 사전에 미리 연락을 하게 되어 있다.

그렇다면 지금 문을 연 자는 침입자다. 바깥의 철통같은 경호를 뚫고서 어떻게 여기까지 들어왔는지는 모르지만 침입자가 분명하다.

부요원 여덟 명은 열리고 있는 문을 향해 쥐고 있던 러시아제 AK자동소총을 번개 같은 동작으로 동시에 겨누었다.

처처척!

누가 들어올지는 모르지만 여덟 명의 AK자동소총이 불을 뿜으면 절대로 살아나지 못할 것이다.

그러나 문이 반쯤 열리다가 말았을 뿐 들어온 사람은 아무도 없다.

자동소총을 겨누고 있는 여덟 명의 부요원은 긴장된 표정으로, 그리고 읽고 있던 서류에서 고개를 든 김정남은 의아한 얼굴로 문을 쳐다보았다.

문밖에는 스무 명의 호위총국 부사관이 삼엄하게 지키고

있다. 더구나 그들은 절대로 문을 열지 않는다. 또한 누가 문을 열도록 그냥 내버려 두지도 않았을 것이다.

그런데 3초 정도가 지나도록 문이 반쯤 열린 채 들어오는 사람도 없으며 아무런 반응도 없다.

열린 문을 통해서 밖에 있는 부사관들의 모습도, 침입자의 모습도 보이지 않았다.

"네가 김정남이냐?"

"헛?"

그런데 느닷없이 김정남 등 뒤에서 조용하고 낯선 목소리가 들려왔다.

김정남은 깜짝 놀라서 급히 뒤돌아보았다. 하지만 그보다 빨리 그의 뒤와 좌우에 서 있던 네 명의 부요원이 재빨리 뒤돌아보면서 자동소총을 발사하려고 했다.

우우웅―

그 순간 마치 지하 깊은 곳에서 묵직한 엔진이 돌아가는 듯한 소리가 허공에 흘렀다.

그러자 돌아보던 김정남과 네 명의 부요원, 그리고 문 쪽에 서 있던 다른 네 명의 부요원까지 한 곳을 쳐다보면서 자동소총을 겨누는 자세 그대로 굳어버렸다.

김정남 뒤쪽 벽에는 커다란 책장이 줄지어 서 있었다. 거기에는 고급 양장본 책들과 위스키와 와인 따위가 진열되어 있었다.

그곳에 책장을 등지고 한 사내가 우뚝 서 있었다. 마치 처음부터 그곳에 있었던 느낌이 들게 하는 사내다.

사내는 호리호리하며 키가 매우 컸다. 얼굴도 길쭉하고 턱이 뾰족했으며 어울리지 않게 히틀러 같은 짧은 콧수염을 기른 모습이다.

양쪽 뺨이 홀쭉하고 눈도 움푹 들어갔으며 무슨 생각을 하고 있는지 모를 부연 회색의 눈동자를 지녔고, 얄팍한 입술이 묘하게 씰룩거렸다. 그런데 눈썹만은 먹물을 바른 것처럼 시커멓고 진했다.

어찌 된 일인지 김정남과 여덟 명의 부요원은 모두 그 사내를 보고 있으면서도 아무런 반응이 없다.

처음에 깜짝 놀라서 그쪽을 쳐다보던 표정 그대로다. 그것은 마치 정지화면 같았다.

낯선 사내가 집무실 안에 나타났다는 사실을 아예 모르고 있는 듯했다.

콧수염사내는 입가에 희미한 미소를 머금고 있었다. 하지만 그것은 미소라기보다는 입초리가 약간 말려 올라간 정형화된 모습이다.

그 미소는 비웃음 같기도 하고, 누군가를 죽이고 싶을 때의 살의(殺意)가 깃든 느낌이 강했다.

누군가 그 미소를 본다면 자기도 모르게 소름이 오싹 끼칠 것이 분명했다.

사내는 천천히 김정남에게 걸어가며 중얼거리듯이 말했다.

"하던 일을 계속해라."

그러자 김정남과 여덟 명의 부요원은 원래대로 몸을 돌렸다. 그리고는 김정남은 서류 검토를 계속하고 부요원들은 제자리를 지킨 채 호위를 했다.

아무 일도 없는 듯이, 사내의 존재는 아예 인식하지도 못한 채 제 할 일을 했다.

사실 조금 전에 엔진 돌아가는 듯한 소리는 사내가 입으로 낸 것이었다.

그것은 사람의 뇌를 진동시켜서 정신을 제압하는데 일종의 최면술 같은 수법이다.

사내는 김정남의 책상에 궁둥이를 걸치고 앉아서 서류를 뒤적거리며 살펴보았다.

하지만 김정남은 사내가 눈에 보이지 않는 것처럼 태연하게 행동했다.

이윽고 콧수염사내는 서류를 덮고 김정남에게 조용한 목소리로 물었다.

"네가 김정남이냐?"

못으로 철판을 긁는 듯한 귀에 거슬리는 목소리다.

김정남은 하던 일을 멈추고 사내를 쳐다보고는 공손한 표정을 지었다.

"그렇습니다."

"지금부터 내가 묻는 말에 알고 있는 것들을 모두 대답해 줘야겠다. 알았느냐?"

"알겠습니다."

김정남은 초점 없는 흐릿한 눈으로 사내를 보면서 두 손을 모아 단정하게 무릎에 얹었다.

*　　　*　　　*

연달아와 을지은한이 묵고 있는 백화원 초대소에 놀랍고도 반가운 손님들이 찾아왔다.

고방아와 아랑, 고선우, 연연화, 정옥군, 그리고 다물 해외팀 소속의 한상희가 갑자기 들이닥친 것이다.

그들은 다물에서 북한으로 보내는 지원품을 실은 화물선을 타고 함흥항에 도착하여 곧장 평양으로 왔다.

연달아는 그들이 함흥항에 도착했다는 용걸태의 보고를 듣고서야 알았다.

그들이 올 줄은 전혀 예상하지 못했던 연달아와 을지은한은 몹시 기뻐했다.

그동안 연달아에게 쌀쌀맞고 데면데면하게 대했던 고방아도 그를 다시 만난 것이 반가운지 환하게 미소를 지으며 먼저 손을 내밀어 악수를 청했다.

그러나 연달아는 손을 마주 잡지 않고 그녀를 잡고 가만히 품에 끌어안았다.

그런데도 그녀는 그의 품속에서 가만히 있었다. 예전 같았으면 벌써 주먹이 날아갔을 것이다.

문득 고방아는 그의 품속이 편안하다는 느낌이 들었다. 그에게 안겨본 적은 거의 없지만, 이따금 본의 아니게 안겼을 때에는 지금 같은 이런 느낌은 한 번도 받아본 적이 없었다. 이상한 일이다.

"잘 왔다."

연달아는 그녀의 등을 부드럽게 쓰다듬어 주었다.

그 말에 고방아는 가슴이 뭉클해졌다. 그리고 바로 그 순간 처음으로 자신과 연달아의 관계에 대해서 스치듯이 생각해 보았다.

그녀는 언젠가 자기가 결혼을 하게 되면, 그 상대가 연달아였으면 좋겠다는 생각이 문득 들었다.

하지만 상상은 더 이상 진전하지 않았다. 원래 고목나무에는 한꺼번에 많은 싹이 트지 않는 법이다. 각박하게 살아오면서 감정이 메마를 대로 메말라진 고방아는 고목나무나 다를 바가 없다.

더구나 그녀는 평생 혼자 살겠다고 스스로에게 수없이 다짐했었다.

자기를 낳아준 엄마 얼굴도 모르고, 아버지는 그녀를 고아원에 맡겨두고 한 번도 들여다본 적이 없기 때문에, 그녀에게 결혼이란 몸서리쳐지는 것이었다.

결혼을 해서 아이를 낳으면 그 아이도 자기처럼 될 것 같다는 강박관념 일종의 정신적인 트라우마 때문이다.

아랑은 고방아의 옆에 서서 눈을 반짝이며 뚫어지게 연달아를 바라보았다. 자기 차례를 기다리고 있는 것이다.

그녀는 연달아를 만난 이후 이렇게 오래 떨어져 있어본 적이 없었다. 이번이 처음이었다.

그래서 그가 없는 서울에서 지내는 것이 마치 지옥 같은 고통의 연속이었다.

하지만 그녀는 고방아가 연달아와 재회하는 것을 참을성 있게 기다려 주었다.

세상이 두 쪽 나도 고방아가 연달아의 첫 번째 여자라는 사실을 인정하기 때문이다.

그리고 그녀는 자기가 연달아의 두 번째 여자라는 것을 믿어 의심하지 않는다.

고방아가 연달아의 품에서 벗어나는 순간 아랑은 비명을 지르면서 그에게 달려들어 폴짝 뛰어 오르며 안겼다.

"오빠—!"

"랑아!"

만남이 반갑기로 치자면 연달아도 아랑 못지않았다. 얼마 전까지만 해도 두 사람은 마치 한 몸처럼 하루 종일 붙어서 지냈다.

아랑이 한사코 연달아에게 껌처럼 붙고 매달려 있었던 것이지만, 사람의 관계라는 것이 스킨십보다 더 끈끈한 것은 없는 법이다.

고방아하고는 달리 아랑은 연달아의 입안의 혀처럼 굴었다. 그와 알몸으로 서로의 몸을 부비는 것이나 성기를 만지기도 하고 키스는 셀 수도 없이 많이 했다. 섹스만 하지 않았을 뿐이지 아랑은 연달아의 어린 부인이나 다름없는 존재인 것이다.

연달아가 아랑의 궁둥이를 받치고 있는 동안 그녀는 두 손으로 그의 얼굴을 잡고 그에게 키스를 하면서 혀를 빨아대느라 난리가 아니다. 누가 보든 말든 상관하지 않았고, 아무도 그녀를 말리지 못했다.

을지은한은 원래 질투를 하지 못하는 성격이기 때문에 연달아와 아랑의 요란한 재회 장면은 처다보지도 않고 고방아와 다른 사람들하고 몇 마디 말을 나누며 재회를 했다.

마지막으로 을지은한의 시선이 정옥군에게 멈추었다. 정옥군은 빙그레 미소 지으며 가볍게 고개를 끄덕였다.

"은한, 잘 있었어?"

"네."

정옥군의 옆에 서 있던 한상희가 환하게 미소를 지으며 을지은한에게 고개를 숙여 보였다.

"안녕하세요?"

"네. 다시 만나서 반가워요."

두 사람은 마카오에서 함께 행동했었다. 하지만 을지은한이 워낙 말이 없고 연달아 곁에만 붙어 있었기 때문에 한상희하고는 친해질 기회가 없었다.

한참 만에야 아랑의 난리법석 재회가 끝나자 고선우와 연연화, 정옥군, 한상희가 연달아에게 공손히 허리를 굽히며 인사를 했다.

고방아와 아랑 등은 북한에 소풍 삼아서 온 것이 아니다. 그들이 이곳에 왔다는 것은 남북한 단일국가가 중국을 공격하는 시기가 가까워졌다는 것을 뜻한다.

연달아는 전지전능에 가까운 능력을 지녔지만 몸이 하나이기 때문에 그의 수족 노릇을 해줄 사람들이 필요하다. 그래서 다물수호대가 평양에 온 것이다.

그로부터 연달아와 고방아, 다섯 명의 다물수호자, 그리고 한상희와 용걸태까지 한 방에 모여서 세 시간 넘도록 긴밀한 대화를 나누었다.

고선우는 노트북을 보면서 연정토와 이리가수미, 다물 해외총괄부의 성과를 자세히 보고했다.

고선우는 연달아의 비서 같은 존재며 다물수호대의 모든 계획과 행동방침을 세우는 등 자질구레한 일들을 도맡아서 하고 있다.

고방아와 아랑 등은 서울의 다물 내본부에서 충분히 브리핑을 받고 왔지만 이곳에서 고선우의 설명을 다시 한 번 듣고 있다.

고선우가 보고하는 내용은 연정토가 맡은 러시아와 이리가수미가 맡은 일본의 작업이 완료됐다는 것이다.

또한 중국과 국경을 접하고 있는 동남아시아와 중앙아시아 여러 나라가 중국과 첨예하게 분쟁을 일으킬 만반의 준비를 갖추었다는 내용도 있다.

그 밖에 남북한 단일국가가 중국하고 전쟁을 일으킬 경우에 미국과 유럽 여러 나라가 발 벗고 나서서 적극적으로 지원하겠다는 약속도 들어 있었다.

연달아 좌우에는 고방아와 아랑이 붙어서 앉아 있다. 을지

은한은 고방아 옆에 다소곳이 앉은 채 두 여자에게 연달아를
내주었다.

그리고 맞은편에 고선우와 연연화, 정옥군과 한상희가 두
명씩 나란히 앉아 있는 모습이다.

정옥군과 한상희는 나란히 붙어 앉아 있지만 서로 아무 말
도 하지 않았고 특별한 행동을 하지도 않았다.

그러나 두 사람이 묘한 분위기를 자아내고 있다는 사실을
모르는 사람은 남녀관계에 있어서 둔한 연달아 혼자뿐이었
다.

사실 정옥군과 한상희는 마카오에서 함께 작전을 진행한
이후에 급속도로 가까워졌다.

연달아는 부득이하게 정옥군을 마카오 부두에 남겨두고
떠났으며, 그때 한상희가 그를 잘 안내하고 보살펴서 대한민
국으로 돌아왔다.

당시에 정옥군은 을지은한에게 실연을 당한 상태에서 크
게 상심하고 있었는데 자신에게 너무 잘 대해주는 한상희에
게 호감을 갖게 되었다.

한상희도 정옥군의 수려한 외모와 과묵하면서도 친절하고
자상한 성품에 남다른 관심을 갖게 되었으며, 이후 두 사람은
서울에서 우연치 않게 자주 만나게 되어 가까운 사이로 발전
했다.

실연의 아픔에다가 2012년 대한민국에 다물수호자 말고는 아는 사람이 없는 정옥군은 자기에게 잘해주는 아름답고 상냥한 한상희에게 걷잡을 수 없이 빠져들고 말았다.

다소곳하고 말이 없으며 무조건 순종적인 을지은한하고는 달리 한상희는 늘 명랑하고 활기에 넘쳤으며 지식이 풍부하여 대화를 주도하는 데 전혀 막힘이 없었다.

을지은한에게 답답함을 느끼면서도 그것이 여자의 본분이겠거니 여겼던 정옥군은 한상희의 그런 모습을 보고는 마치 여자의 신기원을 발견한 것만 같았다.

한상희가 볼일 때문에 다물 내본부에 왔다가 정옥군을 만나거나, 밖에서 만날 경우에는 고선우가 친절하게 승용차로 약속장소까지 데려다 주었다.

하지만 돌아올 때에는 한상희가 자신의 차로 다물 내본부까지 함께 오곤 했다.

두 사람이 어느 정도까지 깊은 사이가 됐는지는 그들만이 알고 있을 뿐이다. 하지만 둘이 연인관계가 됐다는 사실만은 확실한 것 같다.

보고를 다 듣고 난 연달아는 진중한 표정을 지었다.

"이제는 북한 내 군부를 어떻게 확고하게 장악하느냐는 일만 남은 것 같군."

고방아와 고선우 등은 다물의 계획을 연달아가 수정한 사실에 대해서 잘 알고 있다. 즉, 남북한을 통일시키기 전에 먼저 중국과 전쟁을 벌일 것이라는 수정된 계획에 대해서 말이다.

연달아는 사람들을 한차례 둘러보고 나서 말했다.

"내 생각에는 제일 먼저 베트남과 중국의 국경지대에서 분쟁이 벌어지는 것이 좋을 것 같은데……."

그는 뭔가 마음에 걸리는 것이 있는 듯한 표정으로 고선우에게 물었다.

"선우, 그럴 경우 중국의 반응을 예상해 봐라."

고선우는 연달아의 물음에 즉각 대답했다.

"베트남과 중국의 국경지대인 윈난성에서의 국경분쟁에 앞서서 선행되어야 할 것이 있습니다."

"무엇이냐?"

고선우는 노트북을 연달아 쪽으로 돌려서 화면에 띄운 한 장의 사진을 보여주었다.

"시사군도(西沙群島)입니다. 베트남 중부에서 동쪽으로 400km, 중국의 하이난도(海南島)에서 남동쪽으로 350km 떨어진 남중국해에 위치한 고립되어 있는 몇 개의 무인도와 암초로 이루어진 군도입니다. 예전 프랑스령 인도차이나가 실질적으로 소유, 관리하고 있던 섬들을 베트남이 넘겨받았으며 국제적으로도 그렇게 인정하고 있었습니다."

고방아는 시사군도에 대해서는 언론을 통해서 어느 정도 알고 있지만 자세한 것은 아니다.

"하지만 1974년에 시사군도 해저에서 석유가 발견되어 베트남이 외국의 석유회사와 채굴 계약을 맺자 중국이 시사군도를 자기네 영토라고 주장하고 나섰습니다. 석유가 나오지 않았으면 그런 일이 일어나지 않았을 것입니다."

"흥! 코딱지만 한 이득이라도 발생하는 곳에는 항상 짱꼴라들이 나타나는군."

고방아가 코웃음을 치자 고선우는 그녀를 보며 빙그레 미소를 짓고는 다시 설명을 이었다.

"중국이 해군과 공군전투기를 파견하여 시사군도를 무력으로 점령, 오늘에 이르고 있습니다. 하지만 베트남은 틈만 나면 시사군도를 되찾으려고 시사군도 근처 해역에서 무력시위를 하는 등 줄곧 분쟁지역으로 남아 있습니다."

연달아는 고개를 끄덕였다.

"우리로선 좋은 먹잇감이로군."

"그렇습니다. 베트남이 시사군도 가까이 접근할 경우에는 섬에 주둔하고 있는 중국군이 포격을 하여 쫓는 상황이 반복됐는데, 만약 그 포격에 베트남 해군함정이 피해를 입거나 침몰되는 일이 발생한다면 사태는 걷잡을 수 없는 상황으로 번질 것입니다."

"중국과의 분쟁을 바다에서 시작한다. 이건가?"

"그렇습니다."

연달아가 턱을 쓰다듬자 고선우는 조심스럽게 다른 내용을 꺼냈다.

"베트남과 필리핀 사이에 있는 스프래틀리(Spratly)군도 또한 분쟁지역입니다. 이곳은 시사군도에서 남쪽으로 무려 900㎞나 떨어져 있으며, 베트남과 필리핀 사이에 있는데도 불구하고 중국은 자기네 영토라고 주장하여 무력으로 강점하고 있는 상황입니다."

고방아는 어이없다는 표정을 지었다.

"난사군도(南沙群島)를 말하는 거야?"

"그렇습니다. 난사군도는 중국식 명칭이고 국제명칭은 스프래틀리군도입니다."

고방아는 싸늘한 표정을 지었다.

"짱꼴라 새끼들. 우리나라 마라도 남쪽에 있는 이어도를 자기네 거라고 생떼를 쓰더니 스프래틀리군도마저 자기네 거라고 우겨? 중국 본토에서 무려 1500㎞나 멀리 떨어진 무인도를 말이야? 그놈들은 일단 가서 무조건 오성홍기만 꽂으면 자기네 영토라 이거로군?"

고선우는 노트북 화면에 다른 화면을 띄웠다.

"이것은 또 다른 것입니다. 필리핀 서쪽 150㎞ 해상에 있는 스카보러섬(중국명:황옌다오)을 중국이 자국 영토라고 주장하면서 해군을 파견하여 필리핀 해군과 첨예하게 대치하고 있는 상황입니다."

"또야?"

고방아는 어이없다는 표정을 지었다.

아랑이 고선우에게 물었다.

"선우 오빠, 도대체 중국은 몇 나라하고 그런 영토분쟁을 벌이고 있는 거야?"

"도합 14개국이야."

아랑은 눈살을 잔뜩 찌푸렸다.

"중국은 자칭 대국(大國)입네, 미국하고 당당히 어깨를 겨루는 G2입네, 하고 거들먹거리면서도 행동하는 것은 영판 소국이 따로 없네? 아니, 소국도 그런 파렴치한 짓은 하지 않잖아."

고선우는 씁쓸한 표정을 지었다.

"속사정을 모르는 사람은 그렇게 말하는데, 사실 중국은 자폭하기 일보직전이야."

아랑은 의아한 표정을 지었다.

"자폭? 뭣 때문에 막강한 중국이 자폭을 해?"

"중국 인구는 14억 명으로 세계 1위고 영토의 크기는 세계 4위야. 하지만 영토의 70% 정도는 사막이나 산악지대라서 식량 생산이 불가능해. 중국 영토의 동쪽과 동남쪽 일대에서 농사가 가능한데 그것으로는 자급자족이 안 돼. 절대 부족한 상황이야. 그래서 중국은 해마다 막대한 식량을 외국에서 수입하는 세계 1위의 식량수입국이지."

"그래?"

아랑뿐 아니라 모두들 그건 몰랐다는 듯 적잖이 놀라는 표정을 지었다.

고선우는 차분하게 설명을 이었고, 모두들 새로운 사실에 흥미롭다는 표정을 지으며 귀를 기울였다.

"반면에 중국의 가상적국인 미국은 인구 3억에 영토 크기는 세계 3위야. 인구가 중국보다 턱없이 적은데 비해서 영토는 훨씬 넓어. 게다가 미국 영토는 대부분 기름진 농토야. 자급자족하고도 그만큼이 더 남아서 매년 엄청난 식량을 수출하고 있지. 더구나 미국의 태평양이나 대서양 쪽 바다는 무진장한 수산물과 자원의 보고이며 다른 나라하고 영해분쟁을 벌이지 않아도 모두 미국령이야."

어느새 연달아 허벅지에 올라앉아서 그의 가슴에 등을 기댄 아랑이 혀를 내두르며 감탄했다.

"굉장하군. 그러니까 미국이 초강대국이라는 소리를 듣는 거잖아."

"러시아는 인구 1억 4천에 영토는 세계 1위고 중국의 두 배가 넘어. 더구나 러시아 영토 전역과 해역에는 무진장의 자원이 매장되어 있어. 식량은 자급자족하고도 남아돌아서 수출하고 있고."

아랑은 궁둥이를 뒤로 내밀어서 연달아의 그곳을 가볍게 뭉개듯이 하면서 종알거렸다.

"그런 상황이니까 강대국이 되려고 발버둥치는 중국이 똥줄이 타는 거로군?"

"그래. 중국이 내세울 거라고는 무지막지하게 많은 인구뿐이야. 지금까지는 싼 인건비가 성장의 동력이 되어 밀어붙여서 수출드라이브가 먹혔지만, 중국의 인건비도 점점 더 높아져서 세계의 공장이라고 불렸던 중국에서 현재는 속속 글로벌 기업들이 철수하고 있는 실정이야."

고방아는 팔짱을 끼고 두 발을 뻗어 테이블에 얹으며 시니컬한 표정을 지었다.

"이제는 몰락만 남은 거지."

고선우는 연달아에게 보고할 것이 남았기 때문에 중국에 대한 설명의 끝을 맺으려고 했다.

"중국은 식량도 지하자원도 턱없이 부족해. 그래서 영토든 바다든 한 뼘이라도 더 차지하려고 발악을 하는 거야. 이대로 간다면 중국은 길어야 30년, 짧으면 15년 안에 스스로 자멸하고 말 거야. 공룡이 멸종했던 것처럼. 어느 일각에서는 중국은 이미 몰락의 길로 들어섰다고도 해."

고선우는 연달아를 향해 자세를 고쳐 앉고는 보고를 계속이었다.

"현재 필리핀 수빅항에는 미해군의 최신예 공격형 핵잠수함인 버지니아 급 노스캐롤라이나호가 입항해 있습니다. 예전에 미해군 7함대가 90년 동안 수빅항에 주둔했었는데 필리핀은 중국과의 마찰 때문에 미해군을 다시 수빅항으로 불러들이려 하고 있습니다. 수빅항은 분쟁 중인 스카보러섬에서 불과 234㎞밖에 떨어지지 않았습니다."

"중국은 어떤 반응이냐?"

"기죽기는커녕 한층 더 거세게 나가고 있습니다. 만일 이대로 간다면 필리핀 앞바다에서 중국 해군 구축함이 필리핀 해군 함정을 공격하는 일도 벌어지지 말라는 법이 없을 듯합니다."

연달아는 고개를 끄덕였다.

"벌어지게 해야지."

고선우는 움찔 놀라서 연달아를 쳐다보다가 곧 공손히 고개를 숙였다.

"알겠습니다."

"더 보고할 것이 있느냐?"

"일본이 실효지배 중인 센카쿠열도(尖閣列島)를 중국이 자국의 영토라고 주장하여 분쟁 중인······."

"그건 알고 있다."

"그렇다면 더 이상 보고드릴 내용은 없는 듯합니다."

"알겠다."

연달아는 고선우를 보면서 약간 미간을 찌푸렸다.

"그런데 말이다."

"말씀하십시오."

연달아는 아까부터 마음에 걸리던 부분을 짚었다.

"나는 다물 해외총괄부 중국팀의 작전이 너무 완벽하게 진행되고 있다는 생각이 든다."

"그··· 렇습니까?"

고선우는 뒤통수를 한 대 얻어맞은 듯한 표정을 지었다가 공손히 고개를 숙였다.

"저는··· 거기까지는 미처 생각하지 못했습니다."

"아까 네가 한 보고에 따르면, 다물 중국팀의 작전에 의해서 중국과 러시아 국경, 베트남 국경, 인도, 파키스탄, 라오스, 캄보디아, 태국, 미얀마 등 모든 나라의 국경에서 중국군이 먼저 국경을 침범하여 상대국을 공격, 분쟁을 일으킬 것이라고 했다."

고선우는 연달아가 그다음에 무슨 말을 할지 불안한 표정을 지었다.

"그렇게 말씀드렸습니다."

"또한 우리가 명령만 내리면 중국 내의 소수민족들이 각자의 나라를 세우고 또 독립하기 위해서 일제히 봉기할 것이라고도 했다."

고선우는 후드득 몸을 떨었다.

"내 생각으론 그게 너무 완벽하다는 것이다."

"제… 생각에도 그런 것 같습니다."

고선우도 지금 와서 생각해 보니까 다물 중국팀의 작전이 너무 완벽한 것 같았다. 현재로선 다물 중국팀의 작전은 어느 것 하나 실패한 것이 없다.

고방아와 아랑, 정옥군, 을지은한 등도 모두 같은 생각이라서 굳은 표정으로 연달아를 주시하고 있다. 그가 어떤 해결책을 찾아내 주기를 바라고 있기 때문이다.

연달아가 착 가라앉은 목소리로 입술을 뗐다.

"선우."

"말씀하십시오."

"다물 중국팀에게 전해라. 시사군도, 난사군도, 스카보러섬, 센카쿠열도에서 대치 중인 베트남 함정, 필리핀 함정, 일본 함정을 언제든지 중국군이 먼저 공격하게끔 작전을 펴놓도록 말이다."

고선우의 눈이 부릅떠졌다. 그는 연달아의 의도를 짐작할 수 있었다. 고방아와 아랑 등도 크게 놀라서 몸이 딱딱하게 경직되었다.

다물 중국팀이 그 명령마저도 완벽하게 수행했다고 보고한다면, 이것은 함정이 틀림없는 것이다.

사람이 하는 일이 그토록 완벽할 수가 없다. 더구나 이것은 중국이라는 거대한 나라를 통째로 말아먹으려고 하는 엄청난 작전이다.

처음에 다물이 중국팀에 기대했던 작전 성공률은 대략 30% 선이었다.

그 정도만 되면 중국과 한판 전쟁을 벌여도 승산이 있을 것으로 내다봤다. 그런데 뚜껑을 열어보니 중국팀의 작전 성공률은 100%였다. 단 하나의 착오도, 실패도 없는 퍼펙트 성공인 것이다.

다물은 중국팀의 작전이 하나씩 성공을 할 때마다 기뻐하면서도 어째서 실패한 것이 하나도 없는지에 대해서 생각하는 것에는 소홀히 했다.

연달아는 지금 다물 중국팀을 시험하려는 것이다. 그래서 먹잇감을 던져 주는 것이다.

다물 중국팀이 먹잇감을 물고, 그리고 먹으면 그들은 배신자가 분명하다.

중국의 수많은 국경지대에서의 분쟁은 물론이고, 여러 소수민족의 독립을 위한 봉기에다 해상에서의 분쟁까지도 다물 중국팀이 완벽하게 수행했다고 보고한다면, 그것은 명명백백한 배신이고 함정이다.

중국팀이 배신을 했느냐 아니냐 하는 것은 별도의 문젯거리고, 역전의 용사들 연달아와 고방아, 다물수호대가 한자리에 다시 모였으니 한바탕 주흥이 없으면 섭섭한 일이라고 다들 입을 모았다.

그러고 있는 중에 아리따운 기쁨조 소녀들이 술자리가 마련됐다고 알리자 연달아 패거리는 눈썹이 휘날리도록 쏜살같이 달려갔다.

"오빠, 아빠를 만났어."

연달아의 허벅지에 앉은 아랑이 그를 돌아보면서 행복한 얼굴로 종알거렸다.

고방아와 아랑의 아버지는 보장태왕이다. 연달아가 의무려산에서 묵인자로부터 보장태왕을 구해주었기 때문에 그녀들은 아버지를 만날 수 있었다.

"오빠가 아빠를 구해주었다는 얘기 아빠에게 다 들었어. 고마워, 오빠."

"잘됐구나."

"아빠가 돌아오셔서 엄마가 너무 좋아해. 아빠는 우리 집에서 엄마하고 살고 계셔."

아랑네 집은 다물 내본부 바로 옆집이라서 보장태왕으로서는 편리할 것이다.

그는 668년 고구려에서 묵인자에게 여러 차례 죽을 고비를 넘기면서 느낀 것이 많았다.

그중 하나가 가족들과 다시 재회하여 함께 살고 싶다는 것이었다.

그래서 그는 대한민국으로 돌아가자마자 고방아와 아랑, 서유라를 만났고 지난날에 남편과 아버지로서 그녀들에게 무심했던 것에 대해서 용서를 빌었다.

예전에 서유라는 연달아에게 보장태왕이 살아 있다는 얘기를 듣고는 크게 기뻐하며 그와 다시 만나게 될 날을 손꼽아서 기다려 왔다.

그리고 마침내 18년 만에 돌아온 그를 만났으며 그의 용서를 감격의 눈물로써 받아들였다. 그렇게 보장태왕과 서유라, 아랑은 한 가족이 되었다.

하지만 고방아는 서유라와 아랑하고는 달랐다. 그녀는 기뻐하지도, 감격하지도 않았으며 보장태왕과 포옹을 하지도, 그를 만나고도 눈물조차 흘리지 않았다. 그를 절대로 용서할 수 없기 때문이다.

지금 아랑이 보장태왕에 대해서 말하는 데에도 고방아는 연달아 오른쪽에 앉아서 입을 꾹 닫고 묵묵히 술만 마시고 있을 뿐이다.

아랑이 연달아의 허벅지에 앉은 덕분에 을지은한은 그의 왼쪽에 앉을 수 있게 되었다.

그녀는 티 나지 않게 연달아의 시중을 들면서 이따금씩 술을 마셨다.

그녀는 원래 술을 못 마시지만 연달아하고 생활하면서 술을 배우게 되었다. 그래서 때로는 술이 필요하다는 사실을 깨달았다.

그녀는 고방아와 아랑이 연달아하고 어떤 관계인지 잘 알고 있다.

그런데 자기가 먼저 연달아하고 사랑을 나눴기 때문에 그것이 못내 미안해서 그녀들을 제대로 쳐다보지 못하고 가슴이 조마조마했다.

언제나 그랬던 것처럼 지금도 기쁨조의 가무조가 공연을 펼치고 있다. 연달아 등은 공연을 보면서 술을 마시며 간간이 대화를 나누었다.

그러나 분위기는 많이 가라앉은 상태다. 다물 중국팀이 배신을 했을 가능성이 높기 때문이다.

아무리 생각을 하지 않으려고 해도 그것이 모두의 머릿속에서 떠나지 않고 있었다.

만약 그게 사실로 드러나면 다물의 고구려 제국 건설 자체가 무산될 위기에 처하게 된다.

그렇게 되면 계획을 새로 세워야 하고 고구려 제국 건설은 몇 년 후로 미뤄질 것이다.

언제나 낙천적인 연달아와 고방아, 아랑이지만 지금만큼은 불안함을 떨쳐 버리지 못하고 있다.

그러다 보니까 대화가 매끄럽게 이어지지 못하고 자연히 뚝뚝 끊어지고 있다.

제66장

파(破)런너

R U N N E R
런너

연달아는 오늘 밤에는 기쁨조 만족조의 서비스를 받지 않기로 했다.

그럴 기분도 아니고, 고방아와 아랑이 있는데 만족조 소녀들의 서비스를 받는다는 것이 좀 그렇기 때문이다.

원래 그는 만족조에게 서비스 받는 것을 그다지 좋아하지 않았다.

그러나 그가 서비스를 받지 않으면 만족조뿐만 아니라 기쁨조 전체에게 불이익이 가해지기 때문에 하는 수 없이 서비스를 받았던 것이다.

연달아 등은 술을 꽤 마셨지만 예전처럼 많이 취하지는 않은 상태에서 술자리를 파하고 자러 갔다.

아랑은 당연하다는 듯 연달아를 따라서 그의 침실로 향했고, 고방아와 을지은한은 각자의 침실로 걸어갔다. 을지은한은 모두가 있는 데서 연달아하고 함께 잘 수가 없었다.

그런데 연달아가 할 말이 있다면서 고방아와 을지은한을 자기 침실로 불렀다.

연달아가 커다란 침대 중앙에 책상다리로 앉고, 세 여자가 주위에 둘러앉았다. 아랑이 또 허벅지에 앉으려는 것을 그가 떼어놓았다.

을지은한은 연달아가 지금 이 자리에서 자신들의 관계를 솔직하게 털어놓으려고 한다는 것을 짐작했다.

을지은한이 알고 있는 연달아는 그런 것을 숨기고 쉬쉬할 성격이 아니다.

이 자리에서 진실을 탁 털어놓고 나서 앞으로는 을지은한과 당당하게 부부관계를 이어나가려고 할 것이다.

또한 고방아와 아랑을 존중하기 때문에 그녀들에게 비밀을 갖지 않으려 할 것이다. 그렇게 하는 것이 바로 연달아의 방식이다.

"나와 은한에 대해서 할 말이 있다."

연달아는 을지은한을 가리키며 말문을 열었다. 과연 을지은한의 짐작이 맞았다.

이후 연달아는 자신과 을지은한이 부부의 인연을 맺었다는 사실을 솔직하게 고백했다.

하지만 어째서 그녀와 육체관계를 맺게 되었는지 이유에 대해서는 한마디도 밝히지 않았다.

을지은한은 사랑하는 사람, 즉 연달아하고 육체관계를 맺지 못하면 20세를 넘기지 못하고 죽어야만 하는 숙명을 지닌 채 태어났다.

그래서 그녀는 1340여 년 동안 10여 차례 넘는 생을 살아오면서 매번 20세를 넘기지 못하고 죽어야만 하는 비운을 겪었다.

연달아는 그 사실을 그녀의 모친 하백녀 나여운의 입을 통해서 알게 되었다.

만약 나여운이 애원을 하지 않았더라도 연달아의 성격으로는 절대로 그녀를 죽게 내버려 두지 않았을 것이다.

하지만 그는 그런 사실들을 고방아와 아랑에게 일체 밝히지 않았다.

그 사실을 말하면 고방아와 아랑이 어느 정도 이해는 하겠지만, 그리되면 을지은한이 비참해진다. 그래서 그는 이유에 대해서는 함구하려는 것이다.

두 사람이 육체관계를 맺었다는 사실을 알게 된 고방아와 아랑의 반응은 각기 달랐다.

고방아는 처음에 깜짝 놀라는 표정을 지으면서 연달아와 을지은한을 번갈아 쳐다보고는 곧 평소의 태연한 표정으로 돌아갔다.

연달아는 그런 그녀를 보고 '방아는 과연 대범하구나' 라고 생각했다.

하지만 그것은 그가 오묘하고 복잡한 여자의 마음을 전혀 모르기 때문이다.

그녀가 큰 충격을 받았다는 것은 처음에 그녀의 동공이 크게 확장된 것만 봐도 알 수 있다.

단지 그녀는 놀라움과 충격을 오랜 습관에 의해서 삼키고 있는 것이다.

이유는 순전히 자존심 때문이다. 네가 을지은한하고 육체 관계를 맺은 것이 무슨 대수로운 일이냐. 그게 나하고 무슨 상관이라는 말이지? 라고 애써 태연한 모습을 보이고 싶기 때문이다.

반면에 아랑의 반응은 아주 단순하고 알기 쉬웠다. 그녀는 눈을 동그랗게 크게 뜨면서 깜짝 놀라더니 연달아와 을지은한을 번갈아 쳐다보면서 정말이냐고 몇 번이나 거듭해서 확인을 했다.

연달아가 그렇다고 대답을 하자 아랑은 그래도 믿을 수 없다는 듯한 표정으로 따졌다.

"어떻게 방아 언니를 놔두고 그럴 수가 있었어? 그게 어떻게 가능한 거야? 오빠가 우리 중에서 처음 같이 자는 사람은 무조건 방아 언니여야 되는 거 아냐?"

"랑아."

고방아는 아랑의 항의 때문에 자기가 더 비참해지는 것 같아서 말리려고 했으나 그녀는 들은 체도 하지 않고 계속 연달아에게 따지고 들었다.

"나는 오빠를 잘 알고 있어. 오빠는 함부로 그럴 사람이 아니야. 그러니까 오빠가 은한 언니하고 잔 것은 분명히 뭔가 이유가 있을 거야. 그걸 말해줘. 오빠, 우린 그걸 알고 싶은 거야."

아랑은 연달아를 제대로 알고 있었다. 그래서 무슨 이유가 있는지 꼭 알고 싶었다.

"그런 것 없다."

하지만 연달아는 딱 잘라서 말했다.

"그럴 리가 없어!"

아랑은 절규하듯이 외쳤다. 그리고 고방아는 아랑이 그럴수록 자꾸 비참해지는 것 같아서 벌떡 일어나 빠른 걸음으로 문으로 걸어갔다.

"방아 언니!"

아랑이 부르는데도 고방아는 멈추지 않았다.

을지은한은 놀라서 급히 연달아를 쳐다보았다. 그에게 도움을 청하려는 것이다.

하지만 그는 씁쓸한 표정을 짓고 있을 뿐이다. 그것이 그녀의 가슴을 아프게 했다.

순간 을지은한은 침대에서 바닥으로 뛰어내려 고방아를 향해 무릎을 꿇고서 외쳤다.

"언니! 제 말을 들어주세요!"

고방아가 걸음을 뚝 멈추자 을지은한은 눈물을 흘리면서 간곡하게 말했다.

"오빠는 아무 잘못이 없어요. 제가 잘못했어요. 그러니까 저를 혼내주세요!"

고방아는 천천히 돌아섰다. 하지만 아무 말도 하지 않고 을지은한을 바라보기만 했다.

화난 표정도 아니고 그렇다고 착잡한 표정도 아니다. 그저 할 말이 있으면 들어줄 테니까 해보라는 듯이 팔짱을 끼고 가만히 서 있었다.

을지은한은 중국에서의 첫날밤에 연달아가 왜 갑자기 자기와 육체관계를 맺었는지에 대해서 잘 알고 있다.

처음에 그녀는 연달아가 순수한 마음으로 자신을 안은 것이라고 짐작했다. 그러나 그것은 착각이었다.

연달아는 보장태왕을 만난 자리에서 자기가 을지은한을 안은 이유에 대해서 설명을 했고, 을지은한은 그 얘기를 들었다. 그래서 진실을 알게 되었다.

을지은한이 불러낸 모친 나여운의 혼령은 연달아에게 그녀에 대해서, 즉 그녀가 연달아의 사랑을 얻지 못했기 때문에 연속환생자로서의 매번 생마다 20세를 넘기지 못하고 죽었다는 사실을 말해주었으며, 또한 연달아에게 딸이 단명하지 않도록 해달라고 애원을 했다는 사실을 말이다.

을지은한은 그런 사실에 대해서 추호도 더하거나 빼지 않고 고방아와 아랑에게 눈물로써 설명을 해주었다.

설명을 듣고 난 고방아와 아랑은 크게 놀라는 표정을 지었다. 이번만큼은 너무 충격적이어서 고방아도 얼굴에서 놀라는 표정을 지우지 못했다.

고방아는 침대에 앉아 있는 연달아를 쳐다보았다. 그는 씁쓸한 표정을 지을 뿐 아무 말도 하지 않았다.

그러나 고방아는 그의 표정만 보고도 을지은한의 말이 맞는다는 것을 알았다.

그런 사정이 있었으면서도 연달아는 변명을 하지 않았다. 자기가 살자고 을지은한을 비참하게 만들지 않았던 것이다. 그는 그런 사내다. 그래서 고방아는 조금 전보다는 마음이 많이 편안해졌다.

연달아가 을지은한과 한 몸이 됐다는 사실을 듣고 고방아는 큰 충격을 받았다.

그리고 마음이 많이 아팠으며 가슴 한쪽이 뚝 떨어져 나간 듯한 상실감을 맛보았다.

평소에 그녀는 연달아를 남자로 여기지도 않고 사랑하지도 않는다고 생각했다.

그런데도 그런 충격을 받았다는 사실에 대해서 그녀는 또 다른 충격을 받았다.

'설마 내가 저 녀석을 좋아하고 있었다는 거야?'라는 의문과 제2의 충격이 겹쳐서 당황한 나머지 그녀는 급히 방을 나가려고 했던 것이었다.

고방아는 잠시 연달아를 바라보다가 이윽고 가볍게 고개를 끄덕였다.

"알아들었어."

그 말뿐 다른 말은 하지 않았다. 하지만 연달아는 무거운 짐을 내려놓은 것 같아서 한숨을 푹 내쉬었다.

누가 뭐래도 그가 가장 사랑하는 여자는 고방아다. 그가 668년 고구려에서 2012년 대한민국으로 온 가장 큰 이유가 그녀 때문이었지 않은가.

그의 삶의 중심은 고방아다. 그녀를 위해서 숨을 쉬며 살아가고 그녀를 위해서 기꺼이 목숨을 던질 수 있다. 그녀를 위해서라면 못할 것이 없는 그가 아닌가.

"괜찮아, 오빠. 나는 다 이해해."

감수성이 풍부하고 착한 마음씨의 아랑은 눈물을 펑펑 흘리면서 연달아에게 매달려 뺨을 비볐다. 오해가 풀린 데다 연달아의 착한 마음씨에 나름 감격한 것이다.

"만약 오빠가 그러지 않았으면 은한 언니는 새해를 보지 못하고 죽었을 거야. 은한 언니의 목숨이 달린 일인데 그까짓 게 뭐가 중요해? 괜찮아, 오빠. 잘했어."

을지은한은 여전히 바닥에 무릎을 꿇은 채 고개를 숙이고 울고 있었다.

고방아가 그녀를 굽어보며 냉랭하게 꾸짖었다.

"너는 뭘 잘못했다고 무릎을 꿇고 있는 거야? 당장 일어나지 못해?"

을지은한은 눈물범벅인 얼굴에 감격한 표정을 지으며 고개를 들어 고방아를 올려다보았다.

그때 아랑이 갑자기 고방아의 등을 밀어 침대로 향하게 하더니 억지로 앉혔다.

"방아 언니, 잠깐만 앉아 있어."

그러더니 을지은한을 일으켜서 서둘러 밖으로 나가며 종알거렸다.

"우리 둘이 뭘 좀 할 게 있으니까 기다리고 있어."

탁.

문이 닫힌 후에 아랑의 텔레파시가 연달아에게 전해졌다.

[오빠, 방아 언니하고 그거 해. 지금이 좋은 기회야. 꼭 해야 돼. 알았지?]

연달아는 보일 듯 말 듯 어이없다는 표정을 지으며 닫힌 문을 쳐다보았다.

하지만 그는 그대로 가만히 있었다. 이렇게 된 이상 아랑의 말대로 해야겠다는 생각이 들었다. 아랑이 차려준 밥상을 걷어찰 수는 없다.

순서가 뒤바뀌어서 을지은한이 그의 첫 여자가 되기는 했지만, 오늘 밤이라도 고방아를 정복해서 바로잡으면 될 것이라고 생각했다.

떡 본 김에 제사 지내고, 넘어진 김에 쉬었다가 간다고, 이렇게 된 이상 오늘 밤에 기필코 고방아를 자신의 여자로 만들어야겠다고 마음먹었다.

고방아가 아무리 기가 세고 왈가닥이라고 하지만 여자임에는 분명하다.

막말로 한 번 자빠뜨리고 나면 뭐가 달라져도 달라질 것이 분명하다.

남녀의 관계는 실로 오묘하고 불가사의해서 몸을 섞었느냐 그렇지 않으냐에 따라서 크게 좌우된다.

생판 남남이거나 심지어 원수지간이라고 해도 한 번 일을 치르고 나면 없었던 감정도 생겨나게 마련이다. 그러므로 일단 일을 치러야 한다.

연달아는 그렇게 확신했다. 여자에 대해서는 젬병인 그이지만 그 정도는 알고 있다.

연달아는 침대 한가운데 앉아 있고, 그에게서 1미터쯤 떨어진 곳에 걸터앉은 고방아는 허리를 꼿꼿하게 세운 자세로 닫힌 문을 응시하고 있다.

고방아는 아랑이 '잠깐 다녀온다'라고 한 말을 액면 그대로 믿고 그녀가 오기를 기다리고 있다.

빨리 자기 침실로 가서 자리에 누워 복잡한 머리를 식혀야겠다고 생각했다.

그러나 연달아는 어떻게 하면 고방아를 정복할 수 있을 것인지를 고심하고 있었다.

그는 고구려에서 처음에 가연공주 고방아하고 합방했던 기억을 떠올려 보았다.

그때 가연공주는 너무 오래 헤어져 있었던 연달아를 만나기 위해서 불원천리 요동 오골성까지 찾아왔다.

그리고 그날 밤에 두 사람은 자연스럽게 하나가 되었다. 서로 너무나 사랑하고 또 그리워하고 있었기 때문에 어색함도 없었고, 누가 먼저 상대를 원했는지도 모르는 사이에 어느새

한 덩이로 엉켜 있었다.

그런데 지금은 전혀 그런 상황이 아니다. 고방아는 그때의
가연공주가 아니다.

그녀는 연달아를 사랑하지도, 애타게 그리워하지도 않았
다. 최소한 연달아가 알고 있는 바로는 그렇다. 그렇기 때문
에 그 당시처럼 자연스럽게 한 몸이 되는 상황은 꿈도 꾸지
말아야 한다.

지금은 뭔가 다른 방법을 써야만 한다. 그렇다면 무슨 방법
이 좋을 것인가.

을지은한과의 첫날밤에 어떻게 했었지? 하고 기억을 떠올
려 보았다가 고개를 가로저었다. 고방아와 을지은한은 다르
다. 덮어놓고 덤벼드는 그런 방법이 고방아에게 통할 리가 없
다.

'아니다. 여자는 다 똑같다. 방아하고 은한하고 다를 게 없
다. 그러니까 은한에게 했던 것처럼 똑같이 하면 먹힐지도 모
른다.'

그는 고방아의 조각을 해놓은 듯 지독하게 아름다운 옆얼
굴을 보면서 주먹을 꽉 움켜쥐었다.

그리고는 그녀가 무슨 생각을 하고 있는지 살짝 들여다보
기로 했다.

[랑이 얘는 왜 이렇게 늦는 거지?]

고방아의 생각이 고스란히 연달아의 뇌를 울렸다.

[그런데 달아 숨소리가 왜 이렇게 거칠어?]

연달아가 고민을 하면서 흥분을 하여 씩씩거리는 숨소리가 고방아의 귀에 거슬리는 모양이었다.

[가만, 이 자식 혹시 지금 나한테 이상한 마음 품고 있는 거아냐?]

그녀가 거기까지 생각했을 때 당황한 연달아는 갑자기 손을 뻗어 그녀의 어깨를 확 잡아당겼다.

그녀를 어떻게 해야겠다는 생각을 정리하기도 전에 행동이 먼저 앞서 버렸다.

하지만 이미 행동은 저질러졌다. 그녀는 상체가 뒤로 벌렁 눕혀졌다.

그 순간 무방비 상태에서 연달아는 재빨리 고개를 숙여 그녀의 입술을 덮었다.

"으읍……."

고방아의 눈이 동그랗게 커지면서 놀라더니 두 손으로 그의 어깨를 잡고 밀쳐 냈다.

하지만 연달아는 꿈쩍도 하지 않고 집요하게, 그러나 부드럽게 입술을 비볐다.

그리고는 곧 혀를 집어넣어 그녀의 혀를 찾아내고는 휘감듯이 빨아 당겼다.

연달아의 어깨를 밀던 고방아의 손이 멈칫했다. 그리고 그녀의 두 눈이 더 이상 커질 수 없을 정도로 한껏 커졌다.

연달아는 눈을 감고 최선을 다해서 부드럽게 그녀의 혀를 빨았다.

이렇게 정성을 다해서 혀를 빨아주니까 을지은한은 완전히 녹초가 되고 또 흥분을 하여 그를 아무런 저항 없이 받아들였었다.

고방아의 침은 무엇이라고 설명할 수 없을 정도로 달콤하고 감미로웠다.

부드럽고 따스하고 촉촉한 혀는 그의 입속으로 빨려 들어와서 이리저리 휘둘리며 유방이 젖을 흘리듯이 달콤한 액체를 토해냈다.

을지은한의 혀는 상큼한 맛이었는데 고방아의 것은 마치 꿀물 같았다.

그는 오랫동안 굶주렸던 사람처럼 헐떡거리면서 그녀의 혀에서 나오는 액체를 먹고 또 먹었다.

고방아의 늘씬한 몸 전체가 부르르 가늘게 떨렸다. 혀가 온통 뽑혀 나가는 것처럼 아팠다. 그런데도 희한하게 정신이 몽롱해졌다.

그녀는 세상에 태어나서 지금 같은 이런 황홀한 전율과 쾌감은 처음 맛보았다.

수만 볼트 전기가 몸을 관통하는 것 같기도 하고, 뼈와 살이 녹아버리는 것 같기도 했다. 그래서 그녀는 도저히 저항할 수 없었다.

그녀는 온몸에 힘을 빼고 눈을 감았다. 어쩌면 지금 이렇게 해서 자신의 순결이 연달아에게 범해질 수도 있다는 생각이 들었다.

하지만 그래도 괜찮다고 여겼다. 언젠가 그녀가 결혼을 하게 된다면, 그 상대가 연달아였으면 좋겠다고 생각했으니까 말이다.

키스를 하면서 연달아는 크게 흥분했다. 그는 손으로 고방아의 가죽점퍼 지퍼를 열려고 애썼다.

마음만 너무 급한 나머지 잘되지 않았으나 몇 번의 실패 끝에 간신히 성공했다.

이어서 안에 입고 있는 남방셔츠의 단추를 풀기 시작했다. 보통 여자는 속에 블라우스를 입는데 고방아는 남방셔츠를 입고 있다.

투두둑.

마음이 너무 급한 나머지 단추가 잘 풀리지 않자 그냥 잡아뜯었다.

단추들이 뜯어져서 흩어지며 브래지어에 가려진 가슴과 뽀얀 속살이 드러났다.

옷을 벗기는 것을 기다릴 인내심이 없는 연달아는 브래지어를 잡아채서 뜯어냈다.

그러자 정말 커다랗고 탐스러운, 그러면서 백옥처럼 뽀얀 유방이 출렁 모습을 드러냈다.

연달아는 그녀의 혀를 놓아주고 유방을 한입 크게 물고 빨아대기 시작했다.

"하악!"

고방아가 처음으로 신음을 터뜨렸다. 그녀는 몸을 뻣뻣하게 만들면서 세차게 몸서리를 쳤다.

연달아는 그녀의 유방을 번갈아 빨면서 손으로는 그녀의 바지를 벗겼다.

고방아는 웃옷은 입은 상태에서 활짝 벌어졌고 아랫도리는 벌거벗은 고혹적인 반라의 모습이 되었다.

연달아의 손이 은밀한 곳으로 미끄러져 들어갔다. 그의 손가락이 우거진 숲에 닿자 그녀는 움찔 몸을 떨면서 눈을 번쩍 떴다.

손가락이 서툴게 숲 속을 헤집고 다녔다. 소나기가 온 직후처럼 숲은 촉촉하게 젖어 있었다.

연달아는 입으로는 유방을 빨면서 허겁지겁 자신의 바지와 팬티를 한꺼번에 벗고 그녀 위에 육중한 몸을 실었다.

두 사람의 몸이 포개졌다. 고방아는 두려움과 열망이 뒤섞인 눈빛으로 그를 바라보았다.

그러는 중에 무엇인가 생경한 물체가 그녀의 숲을 헤집으며 침입해 들어왔다.

"나… 나는……."

그녀가 온몸에 힘을 뻣뻣하게 주면서 두 손으로 침대시트를 움켜잡고 뭐라고 중얼거렸다.

그때 뭔가 거대한 것이 그녀의 중심을 꿰뚫으며 무시무시하게 밀고 들어왔다.

"아아아……."

연달아는 두 손으로 그녀의 얼굴을 감싸 쥐고 뜨거운 입김을 토해냈다.

"방아… 사랑한다, 나의 방아야……."

고방아는 그 말에 대답할 수가 없었다. 그녀의 중심 속으로 밀고 들어온 것이 전부인 줄 알았더니 그것은 시작이었다. 고통은 더욱 거세게 이어지고 있었다. 그녀의 소중한 곳으로부터 몸이 관통되는 느낌이다.

"미… 쳤어… 이 짓을 왜……."

그녀는 하늘이 노래지고 머릿속이 새하얗게 탈색되는 것을 느꼈다.

그녀는 두 손으로 연달아의 가슴을 힘껏 떠밀었다. 이대로 가만히 있다가는 죽을 수도 있다는 공포가 엄습했다. 섹스를 하다가 죽은 여자가 없다는 사실을 알면서도 자기가 그 첫 번째 여자가 될 것만 같았다.

"그만해… 날 죽일 작정이야……?"

하지만 연달아의 성기는 그녀의 처녀를 찢으면서 불신의 벽을 허무느라 정신이 없었다.

고방아는 파김치가 됐다. 방금 목욕을 끝내고 수건으로 닦지 않은 것처럼 그녀는 온몸이 땀으로 흠뻑 젖었다.

정신을 차리고 나서야 그녀는 자기가 연달아 위에 엎드려 있다는 것과 아직도 그의 것이 자신의 몸속에 있다는 사실을 깨달았다.

얼추 계산해 봐도 두 시간은 족히 넘었을 것 같은데 연달아는 아직도 끝나지 않은 것 같았다.

온몸이 아프지 않은 곳이 없다. 그중에서도 특히 하체의 소중한 곳이 제일 아팠다.

예전에 그녀는 옆구리 부위를 조폭의 칼에 찔린 적이 있었는데 이것은 그것보다 훨씬 더 아팠다.

섹스가 황홀하다느니 지상 최고의 쾌감이라느니 떠드는 년들의 주둥이를 죄다 찢어버리고 싶을 정도다.

그런데 연달아가 그녀의 엉덩이를 부드럽게 쓰다듬으면서 빙그레 미소 짓고 있는 것을 보니까 피가 얼굴에 다 몰린 것처럼 얼굴이 확 뜨거워졌다.

"순… 짐승 같아."

그녀는 그렇게 말해놓고 속으로 어이가 없었다. 순 짐승 같다니, 자기가 그따위 여성스러운 말을 했다는 사실이 믿어지지 않았다. 더구나 그녀는 얼굴을 붉히면서 그를 곱게 흘기기까지 했다.

그녀를 강제로 범한 것이나 다름없는 연달아를 묵사발로 만들어도 시원하지 않거늘 애교라니, 그녀 스스로 생각해도 치가 떨렸다.

연달아가 그녀의 가슴을 어루만지며 온화하게 말했다.

"아프면 그만할까?"

고방아는 그걸 말이라고 하느냐고 소리치면서 벌떡 일어나 한 대 걷어차고 싶은 마음이 굴뚝같았다.

"몰라……."

그런데 정작 입에서는 얼토당토않은 말이 흘러나왔다. 더구나 코 먹은 소리라니, 이런 빌어먹을! 우라질! 지금 여기에 있는 것은 고방아가 아니다.

그렇게 말한 덕분에 고방아는 그때부터 한 시간 동안 더 괴롭힘을 당해야만 했다.

잠깐 다녀오겠다고 나갔던 아랑은 네 시간이 지난 새벽 3시쯤에 문을 빼꼼 열고 살짝 안을 들여다보았다.

"혜혜. 작전 성공이군?"

그녀는 혀를 내밀면서 웃으며 깡충깡충 달려와 침대 위로 폴짝 뛰어올랐다.

연달아와 고방아는 알몸으로 흠뻑 땀에 젖은 모습이다. 그는 똑바로 누워 있고 그의 왼팔을 베고 그녀는 옆으로 누워 그의 가슴을 만지작거리고 있었다.

"나쁜 년."

고방아는 마음속으로 이를 갈면서 아랑에게 욕을 퍼부으려고 했는데 어찌 된 일인지 눈을 흘기면서 말투는 부드럽기 짝이 없었다.

"괜찮아. 자매끼리 고마워할 것 없어."

아랑은 고방아가 '나쁜 년'이라고 한 것을 나름대로 고맙다는 말로 해석하고는 마치 섹스에는 도가 튼 소녀처럼 너스레를 떨었다.

그리고는 연달아의 오른팔을 베고 누워서 아무렇지도 않게 말했다.

"피곤하니까 그만 자자."

그녀는 연달아 옆에서 자고 싶어서 지금까지 자지 않고 기다렸다.

그리고는 씻지 않은 연달아의 성기를 꼭 붙잡더니 이내 잠이 들어버렸다.

연달아는 자다가 깼다. 벽시계는 새벽 4시를 가리키고 있었다. 잠든 지 한 시간 만에 깬 것이다.

그런데 기분이 묘했다. 아니, 기분인지 느낌인지는 모르겠지만, 하여튼 갑자기 찬물을 뒤집어쓴 것 같기도 하고, 온몸에 벌레 같은 것들이 스멀스멀 기어다니는 것 같은 섬뜩하면서도 불쾌한 그 무엇이 스멀스멀 피어났다.

그는 누운 채 천천히 좌우를 둘러보았다. 불을 모두 꺼서 캄캄한 가운데 모두 이불을 꼭 덮고 있으며, 왼쪽에서는 고방아가 벌거벗은 몸으로 그의 팔베개를 한 자세로, 오른쪽에서는 아랑이 역시 그의 팔베개를 하고 손으로는 단단해진 그의 성기를 꼭 잡은 상태로 자고 있었다.

연달아의 불쾌한 기분하고는 상관없이 그녀들의 자는 모습은 너무도 평온했다.

그러므로 연달아의 불쾌한 기분은 그녀들 때문이 아닌 것만은 분명했다.

'이 느낌은 무엇을 뜻하는 것인가?

혹시나 하는 생각이 들어서 그는 백화원 초대소 내에 있는 을지은한과 정옥군, 고선우, 연연화, 한상희가 무엇을 하는지 살펴보았다.

그러기 위해서는 손가락 하나 까딱할 필요가 없다. 그저 누군가를 봐야겠다고 생각만 하면 그 사람과 주변의 모습이 영화를 보는 것처럼 또렷하게 보인다.

무엇을 생각하고 있는지도 알 수 있으며, 정신과 몸이 어떤 상태인지도 간파할 수 있다.

연달아는 평상시에는 이런 능력을 발휘하지 않는다. 그들에게도 각자의 사생활이 있기 때문이다. 남의 사생활과 비밀을 몰래 들여다보는 것은 죄다.

그런데 자세히 살펴본 결과 다물수호대와 한상희, 서양순은 물론이고 백화원 초대소 내에 있는 어느 누구도 아무런 이상이 없었다.

대부분 깊이 잠들었으며 호위총국의 군인 30여 명이 백화원 초대소 안팎을 삼엄하게 경비하고 있을 뿐이다.

그런데도 연달아의 그런 불쾌한 느낌은 사라지지 않았다. 아니, 시간이 지날수록 점점 더 심해졌다. 어딘가에는 이 불쾌함의 진원지가 있을 것이 분명하다. 그런데도 찾아내지 못하니까 답답했다.

이윽고 그는 잠에서 깬 지 5분쯤 지났을 때 그 느낌이 무엇을 뜻하는지 알아낼 수 있었다.

그것은 불길함이었다. 뭐라고 설명하기 어려운 본능적인 불길함. 미구에 닥칠 위험에 대한 경고 같은 것이었다. 예전에는 없었던 능력이다.

하지만 어떤 위험에 대한 경고인지 알 수가 없다. 그의 동료들은 모두 백화원 초대소 내에서 편안하게 잠들어 있다.

그가 불길함을 느낀다는 것은 자신과 동료들의 안전을 위협하는 무엇인가가 머지않아 벌어지거나 이미 벌어지고 있다는 뜻이다.

일면식도 없는 낯선 사람들의 위험을 그가 뜬금없이 감지할 리가 없다.

'그렇다면?'

그는 다른 것을 한 번 시도해 보기로 했다. 그 위험요소가 무엇이고 어디에 있는지 알아보려는 것이다.

그는 눈을 감고 자신을 불쾌하게 만드는 그 느낌을 증폭시켜 보았다.

께름칙한 시도지만 원인을 알아내기 위해서는 그 방법이 가장 빠르고 정확할 것 같았다. 병의 원인을 알아내려면 환부를 파헤쳐야만 하는 것이다.

과연 그의 예상대로 불쾌함이 온몸으로 파도처럼 퍼져 나가면서 기분이 아주 나빠졌다.

마치 불쾌감이라는 것이 독사의 치명적인 독처럼 온몸으로 빠르게 퍼지는 듯한 느낌이었다.

불쾌감이 짙을수록, 그리고 깊을수록 더 위험한 경고일 것이라고 연달아는 생각했다.

화아악!

그런데 그 순간 하나의 영상이 그의 눈앞에 선명하게, 그리고 커다랗게 펼쳐졌다.

한 사람이, 아니, 하나의 핏빛 고깃덩어리가 쇠사슬에 묶인 채 매달려 있는 모습이다.

그런데 얼굴도 몸도 처참하게 짓이겨지고 피범벅인 모습이라서 누군지 알 수가 없다.

그러나 연달아는 느낌만으로 그가 누군지 간파했다. 그의 심중에 각인되어 있는 느낌이다.

'용걸태!'

피범벅으로 매달려 있는 사람은 뜻밖에도 다물 북한 팀장인 용걸태였다.

도대체 왜, 어쩌다가 그가 저런 처참한 몰골이 된 것인지 알 수가 없다.

용걸태도 연달아의 동료이며 측근이다. 그러므로 그가 감지한 불길함은 틀린 것이 아니었다.

연달아는 용걸태의 주변을 확대해서 넓게 살펴보았다. 그곳은 사방이 밀폐되고 한쪽에 철문이 굳게 닫힌 감옥 같은 곳이었다.

그런데 연달아를 더욱 놀라게 만든 장면이 그다음에 나타났다.

'저건?'

천장에 쇠사슬로 매달려 있는 용걸태 주변 바닥에 10여 명의 피투성이 시체들이 어지럽게 흩어져 있었다. 연달아는 그들이 용걸태의 부하들, 즉 부요원들이라는 것을 어렵지 않게 감지할 수 있었다.

연달아는 충격과 분노 때문에 머리카락이 곤두섰다. 그리고 용걸태가 저 지경이 되도록 자기가 모르고 있었다는 사실 때문에 참담한 심정이 되었다.

용걸태는 연달아의 부하였던 오골철갑기병 용걸적인의 34대 후손이다.

그들은 1340여 년 동안 오로지 연달아만을 기다려 왔다. 그런데 용걸태가 죽는다면 연달아는 지하에 있는 용걸적인과 33대에 걸친 그의 후손들 수천 명을 볼 면목이 없다.

'용걸태! 무슨 일이냐?'

그는 급히 용걸태에게 텔레파시를 보냈다. 하지만 용걸태는 아무런 움직임도 반응도 보이지 않았다.

'용걸태! 정신 차려라!'

조금 더 강한 텔레파시를 보내봤으나 반응이 없기는 마찬가지였다.

그때 연달아는 자기가 너무 성급했음을 깨달았다. 우선 용걸태가 살았는지 죽었는지부터 확인해야 하는데 덮어놓고 소리만 지른 것이다.

용걸태의 모습이 보이고 또 텔레파시를 그에게 보낼 수 있다면 생사를 확인하는 것은 가능할 터이다.

연달아의 의지가 명령을 내리자 용걸태 주위에 떠 있는 여러 원소와 용걸태 몸속의 원소들이 서로 응답을 하여 그의 몸 상태를 체크했다. 그리고는 즉시 그 결과를 연달아에게 보내주었다.

천만다행으로 용걸태는 아직 살아 있었다. 하지만 숨만 겨우 붙어 있는 상태다.

누군가 그를 고문한 것이 분명하다. 또한 그에게서 아직 알아내야 할 것이 있어서 죽이지 않은 것 같았다.

주변에 10여 명의 부요원이 처참하게 죽어 있는 광경이 그것을 대변하고 있었다.

연달아는 용걸태 주위에 있는 원소들로써 그를 치료해 보려고 시도했다.

그러나 뜻대로 되지 않아서 자기가 직접 원소, 즉 우주물질을 그에게 보냈다.

그러는 중에도 그는 여전히 이불을 덮은 채 누워 있고, 고방아와 아랑은 깊은 잠에 빠져 있었다. 그리고 아랑은 그의 성기를 꼭 잡은 채 이따금씩 꼼지락거렸다.

용걸태는 어디를 어떻게 다쳤는지 모르지만 연달아가 전능을 보내고 나서 몇 초가 지나기도 전에 깨끗하게 치료됐다. 인간 신체의 구성원소를 연달아가 다 지니고 있는데 치료하지 못할 리가 없다.

용걸태는 눈을 번쩍 뜨고는 깜짝 놀라는 듯하더니 잠시 가만히 있었다.

그리고는 자신이 어떤 상황에 처했는지 살펴보려고 눈동자를 굴리고 또 기억을 더듬기 시작했다.

'걸태, 내 말을 들어라.'

그때 갑자기 연달아의 조용한 목소리가 그의 머릿속에서 자늑자늑 울렸다.

용걸태는 깜짝 놀랐으나 곧 기쁜 마음이 되어 그가 시키는 대로 가만히 있었다.

'어떻게 된 일인지 머릿속으로 생각만 해라.'

연달아의 말에 그는 자신과 부하들이 당했던 일을 처음부터 차근차근 기억을 떠올리기 시작했다.

어젯밤에 용걸태는 심복부하 부요원 10명을 이끌고 김정남의 집무실인 중앙당 1호 청사로 갔다.

김정남을 앞세운 반란이 성공한 이후 용걸태는 하루도 거르지 않고 아침과 밤 두 차례 이상 김정남을 만났다. 어떤 날은 하루에 다섯 번 이상 만난 적도 있었다.

아침에는 그날 할 일을 상의하기 위해서고, 밤에는 그날 있었던 일을 검토하기 위해서였다.

그날은 다른 날하고는 달리 특별한 일이 있었기 때문에 내일 아침에 연달아에게 보고할 내용에 대해서 김정남에게 주지시킬 생각이었다.

특별한 일은 다름이 아니라, 항명을 했던 두 개 군단의 소요가 진압됐다는 내용이다.

연달아의 짐작은 정확하게 적중했다. 식품과 물품들을 넘치도록 충분하게 지급받은 두 개 군단은 항명 주모자인 부사단장과 장령 급들의 명령에 일체 따르지 않았다.

굶주림과 물품 부족으로 인한 여러 불만이 깡그리 사라졌기 때문에 생명의 위험을 무릅쓰면서까지 반란을 일으킬 이유가 없는 것이다.

그뿐만이 아니다. 장교와 부사관, 일반사병들이 앞장서서 항명 주모자인 부사단장과 장령 급들을 체포하여 직접 평양으로 압송해 왔다.

그들은 주모자들을 체포, 압송함으로써 자신들이 결백하다는 사실을 보여주려고 했다.

그런데 용걸태는 김정남을 보자마자 그가 평소하고는 많이 다르다는 사실을 직감했다.

원래 김정남은 용걸태를 만나면 자리에서 일어나 반색을

하면서 수고한다며 악수를 청했는데, 그날은 자리에 앉은 채 그를 멀건이 쳐다보며 가볍게 고개만 끄덕였다.

더구나 평소에는 의욕이 왕성해서 눈빛이 반짝이고 활기에 넘치는 모습이었는데 그날은 한눈에도 매우 무기력하게 보였다. 아니, 생각이 없는 사람 같았다.

그뿐만이 아니다. 용걸태는 집무실에서 김정남을 지키고 있는 자신의 부하 여덟 명의 부요원의 상태도 정상이 아니라는 것을 간파했다.

원래 부요원들은 팀장인 용걸태를 보면 경례를 하게 되어 있다. 그런데 그들은 용걸태가 들어왔는데도 정면만 뚫어지게 주시하고 있는 것이었다. 마치 생판 모르는 사람을 대하듯 했다.

그래서 용걸태는 뭔가 크게 잘못됐다는 것을 깨닫고 즉시 밖으로 나가려고 했다.

문밖에 있는 부요원 10명을 데리고 들어와서 어떻게 된 일인지 조사하려는 생각이다.

그런데 그는 막 몸을 돌리다가 뚝 동작을 멈추었다. 그리고 그때부터는 아무것도 기억나지 않았다. 그러므로 연달아에게 더 이상 전해줄 기억이 없다.

'됐다. 너는 가만히 있어라. 이제부터는 내가 너의 기억 속으로 들어가 보겠다.'

연달아는 용결태의 뇌로 직접 들어갔다. 물론 그의 전능이 들어간 것이다.

이어서 용결태가 눈으로 보기는 했지만 기억하지 못하는 부분을 재생해서 보았다.

용결태가 마지막으로 기억하고 있는 것은 김정남 집무실 밖으로 나가려고 막 몸을 돌리는 상황이었다.

몸을 돌리던 그의 시선은 아무도 없는 벽을 향해 있었다. 그런데 잠시 후에 그의 앞에 한 명의 사내가 옆쪽에서 걸어와 멈추었다.

사내의 모습은 한눈에도 매우 특이했다. 나이는 40세 정도 이며, 호리호리하고 매우 키가 컸다.

길쭉한 얼굴에 짧은 콧수염, 양쪽 뺨이 홀쭉했으며 눈도 움 푹 들어갔고 희한하게도 회색의 눈동자를 지녔다. 또한 얄팍 한 입술이며, 눈썹이 시커멓고 진했다.

연달아는 그 낯선 사내를 보는 순간 그가 런너라는 사실을 간파했다.

런너는 런너를 한눈에 알아볼 수가 있다. 어떻게 해서 알아 볼 수 있는지는 모른다.

단지 우주물질을 지닌 사람들끼리의 어떤 교감 같은 것이 있는 듯했다.

묵인자는 전 세계에 런너는 다섯 명뿐이며 무한런너와 영런너, 광런너, 파런너, 선런너가 있다고 했다.

또 묵인자는 광런너인 보장태왕을 자기편으로 만들기 위해서 설득하는 중에 파런너가 이미 자기편이라고 말했다. 선런너는 런너들 중에서 가장 고고하고 신선 같은 모습이라고 하니까 이자의 모습하고는 판이하다. 그렇다면 이자는 파런너가 틀림없다.

"무한런너는 어디에 있느냐?"

호리호리한 사내, 즉 파런너가 용걸태에게 물었다.

용걸태가 대답이 없자 파런너가 다시 물었다.

"백화원 초대소에 있는 놈이 무한런너냐?"

"음……."

연달아는 용걸태의 정신이 무엇인가와 맹렬하게 싸우고 있는 것을 느꼈다.

아마도 용걸태는 파런너에게 정신이 제압된 것 같았다. 즉, 최면에 걸린 듯하다.

그런 상태에서도 용걸태는 대답을 하지 않으려고 기를 쓰며 버티고 있었다.

만약 용걸태가 묵인자에게 걸렸다면 실토를 하지 않고는 배기지 못했을 것이다.

그렇지만 파런너는 살인, 파괴하는 능력은 탁월해도 최면 능력은 그에 미치지 못하는 것 같았다.

이후 파런너가 두 번 더 물었지만 용걸태는 대답하지 않았다. 그리고 파런너의 인내심은 거기까지였다.

용걸태와 집무실 밖에 있던 열 명의 부요원은 중앙당 1호 청사 부속건물 지하에 있는 취조실로 끌려갔다.

부요원 열 명은 바깥에 대기하고 있던 파런너의 5수행자들에게 이미 제압된 상태였다. 파런너 근처에 5수행자들이 있는 것은 당연한 일이다.

그다음에는 끔찍한 일이 벌어졌다. 취조실 천장에 두 팔이 묶인 용걸태는 몽둥이로 무차별 두들겨 맞고, 손톱과 발톱, 이빨이 뽑혔으며, 시뻘겋게 불에 달군 쇠꼬챙이로 온몸이 마구 지져졌다. 그리고 전기고문까지 당했다.

그러는 도중에 그가 보는 눈앞에서 부요원들이 한 명씩 열 명 모두가 무참하게 죽어갔다. 파런너는 정신적인 고문까지 가한 것이다.

그런데도 용걸태는 끝끝내 연달아에 대해서는 단 한 마디도 실토하지 않았다.

연달아는 용걸태의 기억에서 거기까지 확인했다. 용걸태가 고문을 이기지 못해서 기절해 버렸기 때문에 기억은 더 이상 이어지지 않았다.

'걸태, 그곳에서 잠시 기다리고 있어라.'

연달아는 용걸태에게 그 한마디를 남기자마자 벌떡 일어

나면서 다물수호대와 한상희, 서양순 모두에게 텔레파시를
보냈다.

'모두 일어나서 불을 켜지 말고 내 방으로 모여라.'

제67장

평양의 밤

R U N N E R
런너

연달아와 고방아, 아랑은 재빨리 옷을 입고 침대에 나란히
걸터앉았다.

고방아와 아랑은 연달아의 표정이 평소와는 전혀 다른 것
을 보고는 심각한 상황이 벌어졌음을 직감했다. 하지만 아무
말도 하지 않고 그의 양쪽에 조용히 앉아 있었다.

연달아는 전능을 발휘하여 백화원 초대소를 중심으로 반
경 1km 이내를 살펴보았다.

그러면서 특별한 능력을 지닌 자가 있는지 알아보았다. 평
범한 사람이라면 걸러내고, 만약 파런너나 5수행자가 있다면

그의 레이더에 정확하게 포착될 것이다.

'있다.'

백화원 초대소 앞에는 제법 큰 호수가 하나 있는데 한 명의 능력자가 호숫가 나무에서 발견되었다. 백화원 초대소 정문에서 오른쪽으로 400미터 거리였다.

그자는 나무와 하나, 즉 일체가 된 상태로 미동조차 하지 않고 있었다.

말하자면 그자는 주위의 물체에 자신의 모습을 투과시켜서 감추는 능력이 있는 것 같았다.

그랬기 때문에 백화원 초대소를 경비하고 있는 호위총국 군인들에게 발각되지 않은 것이다. 일반인들이 수행자를 발견한다는 자체가 어려운 일이다. 또한 그런 자들은 시력이나 청력이 매우 뛰어나다.

파런너가 평양에 들어온 것은 어제 아니면 오늘일 것이다.

연달아와 을지은한은 어제와 오늘 이틀 동안 감시하는 자들 눈을 속이기 위해서 고선우와 한상희의 모습으로 변신을 하고 외출을 했다.

만약 파런너가 어제 이전에 평양에 왔다면, 그래서 백화원 초대소를 감시했다면 본모습으로 들락거리는 연달아를 발견했을 것이다.

일전에 텐쵸오의 정령 세이레이가 강남경찰서에서 연달아와 고방아, 아랑의 사진을 찍어서 전송했기 때문에 묵인자 진영에서는 연달아를 비롯한 세 사람의 모습을 파악하고 있다고 봐야 한다.

　묵인자는 김정남이 갑작스럽게 북한의 정권을 잡은 배후에는 무한런너인 연달아가 웅크리고 있을지도 모른다고 추측한 듯하다.

　그래서 파런너를 평양에 보냈을 것이다. 하지만 그는 아직 연달아를 발견하지 못했다.

　연달아의 얼굴을 확인해야지만 그가 무한런너라는 사실을 인지하고, 또 김정남 배후에 있다는 사실을 증명해 낼 수 있을 것이다.

　파런너가 확인한 결과 백화원 초대소에 귀빈이 묵고 있는 것은 분명한데 연달아의 모습이 아니었다.

　그가 본 사람은 고선우와 한상희의 모습을 한 연달아와 을지은한이었다.

　결국 파런너는 직접 행동으로 나서기로 하고 김정남을 제압하여 무한런너에 대해서 물었으나 필요로 하는 대답을 듣지는 못했다.

　김정남의 심지가 굳건해서 대답을 하지 않으려고 버티는 것이 아니다. 그는 아예 런너가 무엇인지조차도 모르기 때문이다. 그런 그가 연달아가 무한런너라는 사실을 알고 있을 리가 없다.

단지 파런너는 용걸태가 매우 중요한 인물이라는 정보를 들었고, 그래서 그를 제압하여 열 명의 부요원을 죽이고 가혹한 고문까지 했으나 그의 입에서 무한런너에 대해서는 한마디도 듣지 못했다.

파런너가 용걸태의 입에서 끝까지 무한런너에 대해서 알아내지 못한다면 다음 행동을 취할 것이다.

즉, 백화원 초대소에 잠입하여 자기 눈으로 직접 무한런너를 찾으려 들 것이다. 그 시점은 용걸태를 고문하다가 죽인 직후가 될 가능성이 크다.

연달아가 옷을 입고 1분 남짓 동안 그런 생각을 하고 있을 때 고선우와 연연화를 필두로 모두들 캄캄한 방 안으로 조심스럽게 들어와 연달아 앞에 일렬로 죽 늘어섰다.

그들은 이미 사태의 심각성을 감지했다. 연달아가 텔레파시를 통해서 한밤중에 일어나 집합하라고 명령했다면 이미 그 자체로 매우 심각한 사태가 발생했다는 뜻이다.

연달아는 그들에게 아무 말도 하지 않고 설명을 했다. 즉, 자기가 용걸태와 김정남, 파런너와 5수행자에 대해서 알고 있는 모든 것들을 텔레파시로 공유했다. 자신의 지식을 고방아와 모두의 머릿속에 심어준 것이다.

모두의 얼굴에 긴장감이 역력하게 떠올랐다. 하지만 한 사람 서양순은 무한런너나 파런너, 5수행자 같은 것들이 무슨 뜻인지 몰라 어리둥절한 표정을 지었다. 하지만 지금은 그녀의 궁금증을 풀어줄 겨를이 없다.

"좋은 생각이 있느냐?"

연달아는 일어나서 소파로 걸어가며 물었다. 모두들 그를 따르다가 함께 소파에 이리저리 앉았다.

연달아의 물음에 즉시 대답하는 사람은 아무도 없었다. 지금은 섣부른 대응을 할 때가 아니라서 심사숙고해야 한다. 자칫 하다가는 큰일을 망칠 수가 있다.

텐쿄오 따위 가디언이 아니라 런너 중의 한 명이 적으로 나타난 것이다.

파런너와 5수행자의 느닷없는 출현은 고방아와 아랑 등 다물수호대를 긴장시키기에 충분했다.

연달아의 두뇌는 보통 사람하고는 비교도 할 수 없을 정도로 빠르게, 그리고 폭넓게 회전하고 있다.

그러면서도 그는 동료들의 의견을 물었다. 그의 두뇌가 아무리 뛰어나다고 해도 한 사람보다는 여럿의 머리가 더 낫다고 생각하기 때문이다.

연달아의 머릿속에는 빠른 속도로 이미 어느 정도 밑그림이 그려지기 시작했다.

지금은 김정남이 정권을 잡은 지 채 한 달도 지나지 않은 어수선한 상황이다.

이럴 때 파런너와 5수행자가 평양에 왔다는 것은 뭔가 냄새를 맡고 의심을 하고 있다는 뜻이다.

가장 간명한 방법이라면 연달아와 고방아, 다물수호대가 파런너와 5수행자를 깨끗이 제거하는 것이다.

하지만 그것은 마지막 극단적인 최악의 방법이기도 하다. 파런너의 죽음은 평양에 무한런너가 존재한다는 사실을 인정하는 것이나 다름이 없다.

세상에서 파런너를 죽일 수 있을 만한 사람은 무한런너뿐이기 때문이다.

그렇게 되면 묵인자가 직접 평양으로 달려올 것이고, 사태는 걷잡을 수 없이 커진다.

연달아는 언젠가 묵인자와 일대일로 승부를 겨루어야만 할 운명이다.

하지만 지금은 때가 아니다. 김정남은 아직 북한을 특히 군부를 완전하게 장악하지 못했다.

또한 남북한이 비밀리에 한민족으로 합쳐지지 못한 상황이다. 남북한이 하나의 국가로 결성되는 시기는 다물의 정요원이며 대통령 당선자인 이명훈 의원이 정식으로 대한민국 대통령에 취임하는 2월 25일 직후가 될 것이다.

그전에 용걸태의 주도하에 북한의 모든 권력과 군부는 준비를 착착 진행하고 있었다. 그러다가 이런 예기치 못했던 상황이 벌어진 것이다.

이런 시기에 묵인자가 북한으로 와서 여기저기 들쑤셔 놓는다면 득보다는 잃는 것이 훨씬 많을 것이다. 자칫하면 고구려 제국 건설 자체가 위태로워질 수도 있다.

그러므로 지금은 무조건 파런너나 묵인자하고 부딪치지 않는 것이 상책이다.

하지만 그러면서도 김정남과 용걸태를 비롯한 다물의 북한팀 전체를 파런너로부터 지켜야만 한다.

뿐만 아니라 북한의 정권이 단순하게 김정은 체제에서 김정남 체제로 순조롭게 이전되고 있는 것뿐이라고 묵인자에게 비춰져야만 한다.

그것은 파런너와 5수행자를 제거하는 것보다 몇 배는 더 어려운 방법이다.

하지만 그럴 수밖에 없다. 고지가 바로 코앞에 있는데 여기에서 주저앉을 수는 없지 않은가.

"정말 골치 아프군요."

긴 침묵 끝에 고선우가 무거운 표정으로 중얼거렸다. 그가 굳이 그렇게 말하지 않아도 모두들 지금 상황이 얼마나 난감한지 잘 알고 있다.

또한 그 말은 아무리 고심을 해봐도 그로서는 무슨 방법이 없다는 뜻이기도 하다.

맞은편에 한상희하고 나란히 앉아 있는 정옥군이 진지한 표정으로 조심스럽게 말문을 열었다.

"파런너와 5수행자의 목적은 김정남 배후에 군왕께서 계신가 아닌가를 확인하는 것이겠지요?"

"그렇겠지."

"그러므로 군왕께서 파런너를 죽이면 평양에 군왕께서 계시다고 인정하는 꼴이 되겠지요."

연달아는 고개를 끄덕였다.

정옥군은 나름대로 분석해 본 것들을 늘어놓았다.

"그러나 파런너를 이대로 내버려 두면 다물 북한팀을 완전히 해체해 버릴지도 모릅니다. 또한 김정남이 최면에 걸린 상태에서 자기가 알고 있는 사실들을 술술 토해냈을 것이기 때문에 파런너는 이미 다물이나 북한팀, 그리고 남북한 단일국가가 조만간 중국을 공격할 것이라는 사실에 대해서 어느 정도는 알고 있다고 봐야 합니다. 더군다나……."

그는 잠시 뜸을 들였다가 말을 이었다.

"만약 묵인자의 목적이 김정남 체제를 무너뜨리고 다른 체제를 세우거나 다시 김정은을 권좌에 앉히는 것이라면 문제는 더욱 심각해집니다."

연달아 오른쪽에 앉아 있는 고방아가 심각한 표정으로 말을 받았다.

"총체적 난국이라는 건가?"

"그렇습니다."

고방아는 연달아의 옆에 붙어 앉아서 엉덩이 바깥쪽과 어깨가 닿은 상태다.

예전 같았으면 연달아하고 멀찍이 떨어져서 앉았거나 실수로라도 붙어 앉았다면 발칵 화를 내면서 연달아를 나무랐을 것이다.

그런데 지금은 몸이 닿았다는 것을 아예 모르는 듯했다. 그녀가 연달아의 여자가 됐다는 증거다.

고방아는 가볍게 미간을 찌푸렸다. 화장을 하지 않은 맨얼굴인데도 얼굴에서 은은한 빛이 나는 것처럼 아름다웠다. 그녀는 옆에 앉은 연달아를 바라보았다.

"뭔가 계획이 섰어?"

그녀는 전혀 의식하지 못하고 있지만, 연달아를 비롯한 이곳에 있는 모든 사람들이 그녀의 연달아를 대하는 말투가 무척 부드러워졌다는 사실을 깨달았다.

더구나 연달아를 바라보는 그녀의 눈에는 예전에는 없던 기운이 서려 있었다.

그것에 굳이 이름을 붙인다면 '수줍음'이나 '정겨움' 같은 것이라고 말할 수 있을 것이다.

"어느 정도는."

연달아의 대답에 고방아는 눈과 입술로 배시시 눈부신 미소를 지었다. 그녀는 그러려고 하지 않았는데 저절로 그렇게 돼버렸다.

당연한 일이다. 지금 그녀가 바라보고 있는 연달아는 어제의 그가 아니기 때문이다.

"말해줄래?"

말투도 확 변했다. 고방아는 어느 누구에게도 말끝에 '래'로 끝나지 않는다.

그 덕분에 아랑이 꾸민 연달아와 고방아의 '합방사건'에 대해서 모르고 있었던 사람들도 이제야 비로소 간밤에 그들 둘 사이에 무슨 일이 있었던 것이 아닐까 하고 의구심을 품게 되었다.

그런데 정작 그런 식으로 말을 하고 또 연달아를 보면서 방실방실 미소를 짓고 있는 당사자인 고방아는 그런 사실을 전혀 느끼지 못하고 있었다.

"용걸태와 김정남을 파런너의 최면에 걸리지 않는 체질로 바꿔주려고 한다. 그리고 두 사람에게 파런너와 5수행자들을 어떻게 상대해야 하는지를 가르쳐야지. 그래서 파런너가 아무리 들쑤셔도 끄떡없도록 해야 할 것 같다."

고방아는 미소 지으며 고개를 끄덕였다.

"좋은 방법이야."

그녀가 연달아를 칭찬하는 것을 한 번도 본 적이 없던 다물수호대는 그녀와 연달아가 간밤에 만리장성을 쌓았다는 사실을 확신하기에 이르렀다.

"하지만 좀 소극적인 것 같아."

그녀는 연달아의 방법을 자신이 말한 것처럼 추호도 '좋은 방법'이라고 생각하지 않은 게 분명하다. 그렇기 때문에 '소극적'이라고 말한 것이다.

하지만 그녀는 일단 칭찬을 해주고 그다음에 조심스럽게 자신의 의견을 제시하는 전형적인 현모양처의 방법을 스스로 체득하고 있었다.

슥―

"방아에게 더 좋은 방법이 있나?"

연달아는 자연스럽게 그녀의 허벅지에 손을 얹으면서 빙그레 미소 지었다.

옛날 같았으면, 아니, 바로 어제였다고 해도 연달아는 이 작은 행동 하나만으로 충분히 사형감, 아니, 즉결 처분감이었을 것이 분명하다.

고방아는 마음에 묵혀두는 스타일이 아니다. 눈에 거슬리면 곧바로 응징이 가해진다.

가벼운 응징이라면 연달아의 턱을 후려갈기고 발길질로 옆구리를 몇 번 걷어차는 정도로 끝나겠지만, 좀 더 무거운 벌이라면 곧바로 가죽점퍼 안의 USP나 시그자우어를 뽑아 들었을 것이다.

그런데 고방아는 응징은커녕 자신의 허벅지를 쓰다듬고 있는 연달아의 손등에 자신의 손을 포개며 부드러운 미소를 짓는 것이 아닌가.

그래서 사람들은 비단 고방아가 연달아의 여자가 됐을 뿐만 아니라 간밤에 연달아가 그녀를 아주 많이 사랑해 주었으며, 또한 그녀는 그것에 몹시 만족해하고 있는 것이라고 짐작하게 되었다.

"내 생각은 이래."

그녀는 연달아의 손등을 쓰다듬으면서 말을 이었다.

"자기가 파런너를 제압하는 거야."

"헉!"

"아니?"

"자, 자, 자기?"

순간 아랑을 비롯한 다물수호대 전부가 크게 놀라면서 탄성을 터뜨렸다.

고방아가 '파런너를 제압' 하라는 얼토당토않은 말을 했기 때문이 아니다. 그녀가 연달아에게 '자기' 라는 호칭을 사용했기 때문이다.

그녀의 입에서 '자기'라는 말이 나올 것을 기대하기보다
는 지구의 종말을 기다리는 편이 더 빠를 것이라고 모두들 생
각하고 있던 터라서 놀라움은 더 컸다.

"아니… 달아가 말이야……."

그녀는 사람들의 표정이 돌변하자 연달아를 '자기'라고
호칭한 사실을 즉시 깨달았다.

하지만 그녀는 어젯밤처럼 생각과 행동이 다르게 튀어나
오는 자신을 책망하지는 않았다. 지금은 생각과 행동이 일치
하기 때문이다. 그래도 그러는 것이 좋았다.

"조용히 하지 못해!"

순간 고방아는 버럭 고함을 질렀다. 애꿎은 동료들에게 화
풀이하고 있는 것이다.

그런데 그녀는 고함을 질러놓고 찔끔했다. 백화원 초대소
밖에 파런너의 5수행자 중 한 명이 감시하고 있다는 사실을
조금 전에 연달아에게 들었기 때문이다.

만약 그자가 청력이 뛰어난 자라면 방금 그녀의 고함 소리
를 들었을 것이 분명하다.

"괜찮아."

연달아는 그녀가 '자기'라고 불러준 것 때문에 기분이 구
름 위를 둥둥 떠다니는 것 같아서 싱글벙글 웃었다.

"내가 우리 주변의 공기를 차단시켜 놓았기 때문에 이 방에서 나는 소리는 밖으로 새어나가지 못해."

그 말에 고방아와 사람들은 안도의 한숨을 내쉬었다.

"그런데, 설마 나더러 파런너를 무조건 제압하라는 뜻은 아니겠지?"

"물론이지."

연달아의 물음에 고방아는 기분이 한껏 고무되어 화사하게 미소 지으며 고개를 끄덕였다.

"자기가 파런너를 제압한 후에 그놈에게 최면을 걸어버리는 거야. 아니, 자기가 하는 것은 최면 따위보다 백 배 더 강력한 정신제압이지. 하여튼 그걸 하는 거야. 그래서 북한에서는 김정남이 순조롭게 정권을 잡아가고 있으며, 무한런너는 물론이고 다물이니 뭐니 하는 사람들은 북한 땅에 그림자도 보이지 않더라고 그놈이 묵인자에게 거짓보고를 하게 만드는 거야."

"훌륭하다. 방아."

연달아는 진심으로 감탄해서 그녀를 칭찬했다. 원래 칭찬은 고래도 춤추게 한다는데, 연달아의 칭찬을 들은 고방아는 기쁨으로 가슴이 터질 것 같아서 원래 풍만한 가슴이 더욱 부풀어 올랐다.

연달아는 그녀의 허벅지를 쓰다듬던 손을 조금 깊숙이 안쪽으로 미끄러뜨리며 동료들을 둘러보았다.

"다들 어떻게 생각하느냐?"

"최곱니다."

"지금으로선 여황 폐하의 방법보다 좋은 방법은 없을 것 같습니다."

그러자 모두들 이구동성으로 찬성하면서 더러는 엄지손가락을 치켜세우기도 했다.

그런데 딱 한 사람 을지은한이 아주 심각한 표정을 지으며 생각에 잠긴 모습이다.

"은한아."

연달아가 부르자 그녀는 맑은 눈을 초롱초롱 빛내며 촉촉한 입술을 뗐다.

"여보, 이런 방법은 어떻겠어요?"

느닷없이 튀어나온 그녀의 '여보'라는 호칭에 모두들 눈을 휘둥그렇게 뜨며 놀랐다.

대한민국의 부부들은 몇십 년쯤 살을 부비며 같이 살아야 자연스럽게 '여보'라는 호칭이 나온다. 그런데 새파란 나이의 을지은한이 스스럼없이 '여보'라고 했으니 그 놀라움이야 오죽하겠는가.

고방아의 '자기'에 이어서 '여보'라는 호칭이 나오자 사람들은 공황상태에 빠진 것 같았다.

하지만 고구려에서는 부부의 인연을 맺은 여자가 남자에

게 당연히 '여보'라고 부른다.

더구나 을지은한은 한 달 가까이 연달아에게 '여보'라고 부르는 것이 입에 배었기 때문에 너무도 자연스럽게 그런 호칭이 나온 것이다.

조금 전까지만 해도 연달아와 을지은한이 깊은 관계라는 사실을 알고 있는 사람은 고방아와 아랑뿐이었지만 이제는 모두 다 알게 되었다.

연달아 왼쪽에는 아랑이 앉아 있고 그 옆에 을지은한이 앉았는데, 그녀는 자기가 연달아를 '여보'라고 부른 것 때문에 한바탕 소요가 일어나자 크게 당황해서 얼굴이 새빨갛게 달아올라서 어쩔 줄을 몰라 했다.

그녀와는 달리 연달아는 아무렇지도 않았다. 오히려 흐뭇한 표정이다.

그는 아랑 옆에 앉은 을지은한을 건너다보면서 빙그레 미소 지었다.

"은한아, 네가 생각해 낸 방법을 들어보자."

아무리 부끄럽더라도 지아비의 명령은 환인천제의 명령과 동일하다는 것이 고구려 아낙의 마음가짐이다.

"천첩은……."

"처… 천첩?"

"에구머니나."

을지은한이 당황한 나머지 고구려에서 아내가 지아비 앞에서 자신을 지칭할 때 쓰는 말을 무심코 사용했다가 또다시 봉변을 당할 위기에 처했다.

'아… 어떻게 해…….'

마음이 풀잎보다 더 연약한 그녀는 얼굴이 새하얘져서 눈물을 글썽거렸다.

그때 구원군이 나섰다. 바로 아랑이다. 그녀는 눈을 반짝반짝 빛내면서 을지은한의 손을 잡아 들어 올렸다.

"그거 썩 괜찮은 호칭이야, 언니. 나도 나중에 오빠한테 여보, 천첩, 그래야지."

사람들은 아랑의 말을 듣고서야 자신들의 반응이 너무 경망스러웠다는 것을 깨닫고 미안한 표정을 지었다.

"얘기해 봐, 언니."

아랑이 미소 지으면서 손을 잡고 가볍게 흔들어주자 을지은한은 그녀를 보면서 고마운 표정을 짓고는 용기를 내어 다시 입을 열었다.

"천첩은… 아!"

그녀는 또다시 '천첩'이라고 말해놓고는 화들짝 놀랐다. 하지만 이번에는 그 말에 아무도 반응을 하지 않았다.

"천첩의 소견으로는… 당신께서 파런너를 제압하셔서 그자를 이용하는 것이 좋을 것 같아요."

"이용? 어떻게 말이지?"

"잠정적 우리 편으로 만드는 것이지요."

"잠정적 우리 편이라…….."

솔직히 연달아는 거기까지는 생각하지 못했다. 하지만 고방아가 말한 방법까지는 생각했다.

그런데 을지은한의 '잠정적 우리 편'이라는 방법에 대해서는 정말 뜻밖이었다.

과연 하나의 머리보다 여럿의 머리가 훨씬 낫다는 그의 지론은 들어맞았다.

연달아는 그녀의 '잠정적 우리 편'이라는 말에 머릿속이 광속으로 빠르게 회전했다. 뒷말은 들어보지 않아도 충분히 예상할 수 있다.

말인즉, 파런너를 제압해서 북한에 있는 동안만큼은 그자를 우리 편으로 만들어두자는 것이다.

아니, 정신제압이 강력하다면 파런너가 묵인자 곁으로 돌아가서도 계속 쓸모가 있을 것이다. 즉, 파런너가 다물의 첩자 역할을 해주는 것이다.

일단 평양에서는 그를 통해서 다물에게 유리한 거짓정보를 묵인자에게 흘려주고, 또한 그의 입을 통해서 묵인자의 계획에 대해서 알아내는 것이다.

말 그대로 꿩 먹고 알 먹고, 도랑 치고 가재 잡는 기발한 방법이다.

을지은한의 파런너를 '잠정적 우리 편'으로 만든다는 방법을 이해한 사람은 고방아와 고선우, 그리고 한상희 정도였다. 그녀들의 두뇌가 비상하다는 뜻이다.

나머지는 분주히 머리를 굴리면서 그게 무슨 방법인가를 골몰하고 있었다.

그때 고방아가 모두에게 을지은한의 '잠정적 우리 편'이라는 방법에 대해서 자세히 설명해 주었다.

그녀의 그런 자상한 모습도 예전에는 전혀 상상조차 할 수 없었던 것이다.

그녀는 하룻밤 사이에 정말 많이 변했다. 대가 센 여자일수록 한 번 꺾어지면 사정없이 꺾어진다는 옛말이 틀리지 않았다.

그런데 그녀의 설명은 연달아와 을지은한이 생각하는 것하고 조금도 다르지 않았다.

연달아가 창을 쳐다보면서 중얼거렸다.

"우선 저놈부터 잡아야겠군."

백화원 초대소 정문 밖 호숫가 나무 속에 숨어 있는 파런너의 수행자를 가리키는 것이다.

"제게 맡겨주십시오."

정옥군이 썩 일어나서 공손히 허리를 굽혔다.

연달아가 말없이 고개를 끄덕이며 허락하자 정옥군은 문쪽으로 걸어갔다.

그런데 한상희가 다소 염려스러운 표정을 지으면서 그의 뒷모습을 말없이 바라보았다.

또한 그것을 을지은한은 놓치지 않았다. 하지만 그녀는 질투 따위보다는 한결 마음이 가벼워지는 것을 느꼈다.

이유야 어떻든 자신에게 버림을 받아서 상처를 입은 정옥군이 다른 여자하고 사이좋게 지내게 되었으니 그에 대한 미안함을 다소나마 덜어낸 것 같기 때문이다.

정옥군이 백화원 초대소 바깥 호숫가 나무에 숨어 있는 5수행자 중 한 명을 상대하러 간 사이에 연달아는 다시 용걸태에게 텔레파시를 보내 몇 가지 지시를 내렸다.

이어서 파런녀가 어디에 있는지 소재를 파악하기 위해서 눈을 감고 정신을 집중시켰다. 그는 자신의 전능으로 파런녀를 찾아낼 수 있다고 확신했다.

치이.

그때 한쪽 벽의 벽걸이용 TV가 저절로 켜지더니 곧 그곳에 하나의 거대한 빌딩 모습이 나타났다.

고층빌딩인데 똑같은 빌딩 두 개가 나란히 붙어 있는 쌍둥이 빌딩이었다.

그것은 연달아가 자신의 머릿속에 떠오른 이미지를 전능

의 원소를 이용하여 TV에 나타나게 한 것이었다.

"저기가 어디냐?"

그의 물음에 서양순이 즉시 대답했다.

"저거이 평양시 중구역 창광거리에 있는 북조선 최고급 고려호텔 아니겠슴매?"

"저기에서 파런너가 감지되고 있다. 그자는 두 명의 수행자와 함께 있는 것 같다."

연달아는 정확하게 집어내고 전능을 조금 더 일으켜서 자세히 보기를 시도했다.

치이.

그러자 다시 TV 화면이 흔들리더니 곧 새로운 장면이 나타났다.

"허엇?"

"어머?"

"꺄악!"

그런데 무슨 장면이 나타났는지 갑자기 사람들이 탄성과 비명을 지르며 난리를 피웠다.

고방아를 제외한 여자들은 외면을 하고 손으로 얼굴을 가리는 등 수선을 피웠다. 고방아는 움찔 놀라더니 눈살을 잔뜩 찌푸렸다.

화면 가득 나타난 장면은 아무도 예상하지 못한 것이었다.

호텔 안 객실로 보이는 곳에서 벌거벗은 남녀들이 여기저기 서로 뒤엉켜서 난잡한 섹스를 벌이고 있는 낯뜨거운 광경이었다.

여자는 여섯 명인데 남자는 세 명뿐이었다. 또한 여자는 모두 20세 전후로 매우 어렸는데 남자들은 어린 축이 35세 정도고 제일 나이 많은 자는 45세 정도였다.

어이없게도 남자 한 명이 두 명의 여자를 한꺼번에 상대하고 있는 이른바 그룹섹스인 것이다.

침대와 바닥 여기저기에서 벌어지고 있는 차마 눈뜨고는 볼 수 없을 정도로 난잡한 광경이었다.

그런데 여자들은 하나같이 고통스러운 표정에 하기 싫은 것을 억지로 당하고 있는 듯한 모습이다. 하지만 차마 반항하지 못하고 있었다.

그것을 보면 그녀들의 상관이 사내들에게 순종하라고 명령을 내린 것 같았다.

고방아 등은 화면에서 시선을 떼지 못했다. 하지만 그 광경을 보면서 흥분을 느끼는 사람은 아무도 없었다.

섹스란 사랑이 바탕이 되어 이루어졌을 때 아름다운 법이지 저것은 섹스가 아니라 짐승들의 더러운 교미이고 강간일 뿐이기 때문이다.

섹스는 남녀가 마음에 우러나서 행해야 하며 또한 둘 다 흥분과 쾌감을 느껴야 하지만 저 화면 속의 것은 남자들만 좋아

할 뿐이지 여자들은 모두 고통에 가득 찬 표정이다.

사내들의 성기가 여자들의 가녀린 성기를 마구 파괴하는 장면이 적나라하게 화면에 나타났다.

"저놈이 파런너다."

연달아가 침대에서 여자들을 유린하고 있는 45세 정도의 비쩍 마른 사내를 가리켰다. 연달아는 파런너가 용걸태를 제압할 때 그를 봤다.

모두의 시선이 그자에게 집중됐다가 어느 순간 깜짝 놀라는 표정을 지었다.

그자는 섹스를 하고 있으면서도 전혀 섹스를 하는 사람의 표정이 아니었다.

입가에 흐릿한 비웃음을 매달고 있으며, 얼굴에는 싸늘한 조소가 잔물결처럼 어른거렸다.

마치 고양이 같았다. 고양이는 교미를 하다가도 먹이를 발견하면 즉시 달려간다고 한다.

"저 에미나이들은 중앙당 서기실에 근무하는 서기들임다이. 틀림없슴다이."

서양순이 서릿발 같은 표정으로 중얼거렸다. 그녀는 화면의 한쪽 바닥에 아무렇게나 나뒹굴어 있는 유니폼들을 가리키며 분노 때문에 쌔근거렸다.

"저 단체복은 중앙당 서기실 서기 에미나이들이 입는 복장

임매. 북조선 전체에서 뽑혀온 제일 이쁜 에미나이들아임둥. 중앙당 서기실 기숙사는 고려호텔 맞은편에 있는데 고기서 부른 것이 틀림없지비."

그때 TV에서 화면뿐만 아니라 소리까지도 생생하게 흘러 나오기 시작했다.

그런데 사내들 소리는 나지 않고 여자들이 고통스럽게 울 부짖으며 신음하는 소리만 나왔다.

그러고 보니까 파런너뿐만 아니라 다른 두 명의 사내 역시 섹스를 하고 있는 표정이 전혀 아니다.

하지만 잔인하면서도 소름끼치는 미소를 머금고 있다는 점에서는 파런너하고 같았다.

*   *   *

정옥군은 백화원 초대소 밖 호숫가의 여러 그루의 나무 중에 한 그루에 숨어 있는 수행자를 잡기 위해서 구태여 밖으로 나가지 않았다.

그는 백화원 초대소에서 호숫가 나무숲이 가장 잘 보이는 건물의 옥상으로 올라가 난간가에 우뚝 섰다.

거기에서는 나무들이 똑똑하게 아주 잘 보였다. 그렇다면 나무에 숨어 있는 수행자도 그가 잘 보일 것이다.

그는 나무숲을 살펴보다가 한 그루에 시선을 모으고 뚫어지게 주시하면서 눈을 세 번 깜빡거렸다. 그러자 갑자기 나무는 새카맣게, 그리고 나무기둥 속에 하나의 사람 형상을 한 흰 물체가 서 있는 모습이 보였다. 그것은 마치 야간투시경으로 사물을 보는 것 같았다. 그의 능력 중 하나인 투시력이 발휘된 것이다.

정옥군은 두 팔을 들어 올려 활을 쏘는 동작을 취했다. 하지만 그의 손에는 활과 화살은커녕 그 비슷한 것도 쥐어져 있지 않았다.

파런녀의 5수행자 중 솔저는 나무기둥 속에 숨은 상태에서 슬쩍 미간을 찌푸렸다.

600미터쯤 거리의 백화원 초대소 안 3층 건물 옥상에서 어느 덜떨어진 놈이 이쪽을 향해서 맨손으로 활을 쏘는 시늉을 하고 있는 것을 발견했기 때문이다.

솔저는 투과력을 갖고 있는 자신이 나무 속에 숨었는데 저 덜떨어진 놈이 그걸 발견했을 리가 없다고 확신했다.

더구나 옥상 위에 있는 저 녀석은 사진으로 숙지해 둔 무한런녀의 모습하고는 생판 다른 모습이다.

무한런녀쯤 되면 나무 속에 숨어 있는 자신의 모습을 찾아내는 것이 가능할는지 몰라도 저런 칠삭둥이 같은 놈은 아니다.

저놈은 그저 장난을 치고 있거나 잠이 오지 않아서 옥상에
올라와 달밤에 맨손체조라도 하고 있는 것이 분명하다. 그러
니까 저따위 어줍지 않은 놈 때문에 긴장 따위는 조금도 할
필요가 없다.

그런데 저 덜떨어진 놈이 활시위를 팽팽히 당겼다가 갑자
기 탁! 놓은 시늉을 하고 있다.

손에 활과 화살이 들려 있지는 않지만 그럴듯하게 보이는
동작이긴 하다.

그때 덜떨어진 놈이 화살을 발사하고 나서 입가에 흐릿한
미소를 지었다. 600미터 거리지만 솔저의 눈에는 그것이 또
렷하게 보였다.

그런데 그 미소마저도 덜떨어진 놈의 덜떨어진 미소로 보
이지는 않았다. 아니, 왠지 알 수 없는 불길함 때문에 등골이
섬뜩했다.

"......!"

그 순간 솔저는 나무 20여 미터 전방에서 뭔가 희고 흐릿한
물체 하나가 무서운 속도로 자신을 향해서 날아오는 것을 발
견하고 움찔 몸을 떨었다.

팍!

그러나 그가 뭘 어떻게 해볼 겨를도 없이 그 흐릿한 물체는
나무 한복판에 정확하게 적중했다.

찰나의 순간에 솔저의 뇌리를 스치는 것이 있었다. 나무 한 복판에 적중한 그 흐릿한 물체가 곧 자신의 가슴을 꿰뚫을 것이라고.

그러나 그의 짐작은 빗나갔다. 그가 본 것과 생각한 것들은 하나도 들어맞는 것이 없었다.

픽!

"어흑!"

무언가 이상한 느낌과 통증이 솔저의 온몸을 엄습하는 것과 동시에 그는 나무를 박살 내면서 밖으로 퉁겨져 밀려 나가 허공을 쏜살같이 날아갔다.

쿵! 투다닥.

"크윽……."

이어서 호숫가 자갈바닥에 세차게 내동댕이쳐졌다가 데구루루 굴렀다.

벌떡 일어나려고 했지만 몸이 움직여지지 않았다. 움직일 수 있는 것은 목 윗부분, 즉 머리뿐이다.

손발과 몸뚱이가 꼼짝도 하지 않았다. 마치 질긴 밧줄에 꽁꽁 묶인 것만 같았다.

그는 쓰러진 상태에서 고개를 들고 눈을 부릅뜨며 자신의 몸을 살펴보았으나 밧줄은커녕 실오라가에 묶이지도 않은 상태였다.

"으으……."

그런데도 움직일 수가 없다. 보이지 않은 밧줄에 묶인 것이 분명했다.

도무지 믿어지지 않는다. 덜떨어진 놈이 활 쏘는 시늉을 하더니 무언가 흐릿한 것이 나무에 정통으로 꽂혔었다. 그렇다면 그것에 몸이 꿰뚫렸어야 이치에 맞는 얘기인데, 어째서 꼼짝도 못하게 꽁꽁 묶였다는 말인가. 도대체 이해할 수가 없는 일이다.

그가 버둥거리고 있을 때 덜떨어진 놈이 달려오더니 그의 앞에 우뚝 멈춰 서서 그를 굽어보았다.

솔저는 덜떨어진 놈을 보고 움찔 놀라는 표정을 지었다. 그가 생각했던 것처럼 덜떨어진 놈은 절대로 덜떨어진 놈처럼 생기지 않았다.

오히려 그 반대로 절세미녀를 찜 쪄 먹을 정도로 매우 아름다운 청년이며 게다가 똑똑해 보였다.

또한 그는 바보처럼 굴었던 솔저 자신을 비웃을 줄 알았는데 전혀 그러지 않았다.

다만 차분하면서도 진지한 표정으로, 그리고 약간의 연민을 담은 눈빛으로 살피듯이 물끄러미 굽어보았다.

솔저는 중국인이지만 한국어와 일본어에도 능통하다. 그는 덜떨어진 놈, 아니, 엄청나게 잘생긴 사내가 한국인일 것이라 생각해서 얼굴을 찡그리며 한국어로 물었다.

"나를 묶고 있는 것이 뭐냐?"

그것이 정말로 궁금했다. 죽을 때는 죽더라도 그것만은 꼭 알고 싶었다. 그걸 모른 채 죽으면 저승에도 가지 못할 것 같았다.

"심승(心繩)이라네."

"심승? 마음의 밧줄… 이라는 건가?"

"그러네."

잘생긴 청년은 조용한 목소리로 대답하며 고개를 끄덕였다. 얼핏 보면 친구에게 말하는 듯 다정하게도 들렸다.

"그럼… 아까 활을 쏘는 동작을 했던 것은 마음의 화살… 심전(心箭)을 발사한 것인가?"

"그렇다네."

솔저는 궁금증이 풀려서 조금 마음이 놓였다. 그러나 마지막 중요한 질문이 하나 더 남았다.

"그런데 너는 누구냐?"

잘생긴 청년은 빙그레 미소 지었다. 솔저는 그 미소가 눈이 부시도록 아름답다는 생각이 들었다.

"나는 일지매라고 하네."

"일… 지매?"

솔저는 대한민국이 과거 조선시대였을 때 의적으로 활약

했던 일지매라는 인물이 있으며, 일지매라는 소설도 드라마
도 있다는 사실을 알고 있다.

"조선의 일지매 말인가?"

"무한런너의 수호자 감마라고도 하지."

"무… 한런너……."

솔저가 놀라서 눈을 휘둥그렇게 뜰 때 일지매 정옥군의 주
먹이 그의 관자놀이를 강타했다.

뻑!

솔저는 그대로 축 늘어져 기절했다.

*　　　*　　　*

아랑은 입을 꼭 다문 채 눈도 깜빡이지 않고 TV 화면을 뚫
어지게 주시하고 있다.

그녀는 처음에 TV 화면에 나타난 광경을 보고는 너무 놀라
고 분노했으나 시간이 지나자 자신도 모르게 시선이 한곳에
집중되었다. 즉, 사내들의 성기와 여자들의 성기가 결합되어
있는 부위다.

그것을 보면서 아랑은 두 가지 사실을 깨달았다. 하나는 사
내들의 성기가 연달아의 그것에 비할 수 없을 정도로 작다는
사실이다.

사내들의 것이 연필이라고 한다면 연달아의 것은 몽둥이라고 할 수 있었다.

또 하나는 성행위가 그다지 즐거워 보이지 않는다는 것이다. 사내들과 섹스하고 있는 여자들은 하나같이 고통스러운 표정에 신음을 터뜨리고 있다.

연필 같은 것 때문에 저토록 고통스러워한다면 만약 몽둥이라면 어떻겠는가, 라는 생각이 들자 아랑은 자신도 모르게 몸서리가 쳐졌다.

더구나 아랑은 화면 속의 여자들보다 어리고 또 체구도 작은 편이다.

그런데 연달아의 그 거대한 것이 어떻게 자신의 작디작은 그곳에 삽입될 수 있겠는가. 아무리 별짓을 다해도 낙타가 바늘구멍에 들어갈 수는 없는 일이다.

생각이 거기에 미친 아랑은 고개를 설레설레 가로저으며 속으로 중얼거렸다.

'안 돼. 절대로 무리야. 나는 18살 어린 나이에 죽고 싶지 않다고.'

그러다가 그녀는 문득 자기를 쳐다보고 있는 고방아와 을지은한을 발견했다.

세 여자의 눈이 딱 마주쳤다. 고방아와 을지은한은 아랑이 무슨 생각을 하고 있는지 다 안다는 듯 빙그레 미소를 지어

보였다.

아랑은 쪼르르 그녀들에게 다가가서 귓속말로 속삭이며
물었다.

"언니들, 아프지 않았어? 괜찮아?"

"쪼끔, 그러나 나중에는 좋았어."

"아프면서도 좋아."

고방아와 을지은한은 얼굴을 붉히면서도 행복한 표정으로
입을 모았다.

아랑은 머릿속이 마구 헝클어졌다.

'그 큰 것이 들어가는데 어떻게 조금 아플 수 있으며, 또 어
찌해서 아프면서도 좋다는 거람?

바로 그때 서양순의 찢어지는 듯한 비명이 터졌다.

"아악! 저… 저… 놈들이……."

서양순만 놀란 것이 아니다. TV 화면을 보고 있던 모든 사
람들이 경악을 했다.

파런녀와 섹스를 하고 있던 여자가 갑자기 찢어지는 듯한
비명을 지르는가 싶더니 순식간에 미이라 같은 모습으로 돌
변한 것이다.

그것은 마치 바람이 팽팽하던 튜브에서 갑자기 공기를 빼
낸 것 같은 모습이었다.

또한 온몸에서 모든 수분이 한순간에 사라져 버린 깡마르

고 푸석푸석한 모습이다. 잠시 후에 그녀는 몸 전체가 짙은 갈색으로 변해 버렸다.

파런녀가 몸을 일으키자 누워 있던 그녀는 섹스를 하고 있는 자세로 그대로 뻣뻣하게 굳어버렸다.

파런녀는 미이라처럼 돼버린 여자를 발로 차서 침대 아래로 떨어뜨렸다.

그리고는 옆에 있는 다른 벌거벗은 여자의 팔을 잡아 거칠게 끌어당겼다.

그러나 여자들은 동료가 미이라로 돌변한 모습을 보고 기절하기 직전의 모습으로 비명을 지르면서 도망치려고 이리저리 뛰고 난리를 피웠다.

하지만 파런녀가 어떤 수법을 쓰자 그녀들은 즉시 최면에 걸려서 고분고분하게 침대에 누워서 다리를 벌렸다.

파런녀가 두 번째 여자의 가녀린 몸 위로 엎드리고 있을 때 다른 쪽에서 날카로운 비명이 들렸다.

섹스를 하고 있던 수행자 중 한 명이 또 다른 여자를 미이라로 만들어 버린 것이다.

"저놈들은 여자들의 정기(精氣)와 음기(陰氣)를 모조리 흡수해 버리는 것이다."

연달아가 벌떡 일어나며 나직이 외쳤다. 그의 말인즉, 파런녀와 수행자들이 여자들의 정기나 음기를 흡수해서 능력을 배가시킨다는 뜻이다.

그렇다면 저놈들은 지금껏 수많은 여자들에게서 정기와 음기를 흡수했을 테고, 그 여자들은 모두 끔찍한 모습으로 죽임을 당했을 것이다.

"안 되겠다. 지금 당장 저놈들을 잡으러 가자."

연달아가 싸늘하게 내뱉었다. 고통을 당하고 있는 여자들을 구하려는 것이다.

그의 말이 끝나자마자 고방아와 아랑, 을지은한이 재빨리 그의 양팔을 붙잡고 또 등에 업혔다.

"모두 와라."

연달아는 어떻게 해야 하는 줄 모르고 서 있는 고선우와 연연화, 서양순, 한상희를 불렀다.

그는 두 팔을 활짝 벌려서 그들 네 명을 한꺼번에 품속에 그러안았다.

휘우우. 스으으.

다음 순간 그들의 모습이 그 자리에서 흐릿해지더니 삽시간에 사라져 버렸다.

제68장

타임리와인드

R U N N E R
런너

  파런너와 두 명의 수행자가 고려호텔에서 섹스를 하고 있
으며, 한 명의 수행자 솔저는 백화원 초대소를 감시하고 있으
니까 나머지 두 명은 용결태와 김정남 근처에 있을 것이라고
연달아는 추측했다.

  그래서 그는 백화원 초대소에서 공간이동을 하여 고려호
텔로 가는 도중에 중앙당 1호 청사에 고선우와 연연화를 떨
어뜨려 주었다.

  두 사람이 용결태와 김정남에게 붙어 있는 수행자를 처리
하라는 것이다.

그랬는데 고방아가 아랑도 중앙당 1호 청사에 놔두고 오자고 연달아에게 권했다.

상대가 파런너의 두 명의 수행자라고는 하지만 고선우와 연연화 둘만으로는 안심이 되지 않기 때문이다.

그러나 다물수호대의 가장 막강한 알파 아랑이 있으면 무슨 일이 있어도 안심이 된다.

아랑은 연달아와 떨어지는 게 싫었으나 고방아의 말을 거역할 수가 없었다.

연달아에겐 애교나 앙탈이 통할지 몰라도 고방아에겐 아무것도 통하지 않는다. 그녀가 말하면 반드시 그렇게 해야만 한다.

연달아 일행은 파런너가 난잡한 섹스, 그리고 살육을 벌이고 있는 고려호텔 객실에 정확하게 공간이동을 했다.

연달아 일행이 나타난 곳은 넓은 객실의 베란다 쪽 커튼이 쳐져 있는 앞이었다.

객실 안에서 벌어지는 난잡하고 끔찍한 광경은 TV 화면으로 보는 것보다 몇 배나 더 리얼했다.

연달아는 객실에 들어서는 순간부터 파런너들에게 걷잡을 수 없는 분노를 느꼈다.

하지만 고방아를 비롯한 여자들은 제일 먼저 경악에 휩싸였고, 그다음에 수치심을, 마지막에 분노를 느꼈다.

파런너와 두 명의 수행자는 연달아 일행이 나타난 것도 모른 채 저주받을 섹스, 아니, 여자들의 정기와 음기를 흡수하는 일에 미쳐 있었다.

파런너와 수행자 정도면 실내에 어떤 미세한 기척만 나도 즉시 알아차릴 수 있다.

하지만 연달아는 이곳에 나타나자마자 자신들과 그들 사이에 공기의 막을 형성해 놓았다.

그래서 이쪽의 기척이 추호도 저쪽으로 넘어가지 않기 때문에 그들이 아무것도 모르는 것이다.

'방아하고 상희, 양순이는 수행자 두 놈을 맡아라. 죽여도 상관없다.'

연달아는 파런너를 쏘아보며 텔레파시를 보냈다. 그는 얼마 전에 백화원 초대소에서는 파런너와 5수행자들을 '잠정적 우리 편'으로 만들겠다고 말했다. 그런데 지금은 수행자들을 죽여도 상관없다고 말했다. 분노가 머리 꼭대기까지 치밀어 올랐기 때문이다.

고방아와 한상희, 서양순은 두 놈의 수행자를 죽이고 싶은 심정이 간절했다. 그러므로 연달아의 명령에 이의를 달 이유가 없다.

세 명의 여자는 즉시 품속에서 소음기가 부착된 각자의 권총을 뽑아 들었다.

탄창에는 런너와 수행자들을 잡는 은탄이 이미 장전되어 있는 상태다. 갈기기만 하면 된다.

연달아가 두 놈의 수행자를 고방아와 한상희, 서양순에게 맡긴 것은 수행자들이 정신을 딴 데 팔고 있으니까 충분히 가능하다고 판단했기 때문이다.

만약을 위해서 을지은한이 뒤에서 지켜보고 있으니까 염려할 만한 일은 일어나지 않을 것이다.

'가라.'

연달아는 짧게 말하고 나서 쳐두었던 공기의 차단막을 제거하는 것과 동시에 순간적으로 공간이동을 하여 파런너 뒤로 바짝 다가갔다.

파런너는 그것도 모른 채 벌거벗은 여자 위에서 그녀의 두 다리를 활짝 벌린 채 규칙적으로 허리를 움직이고 있었다.

파런너 옆에는 벌거벗은 한 여자가 책상다리 자세로 앉은 채 정신 나간 얼굴로 멀뚱히 앉아 있었다.

그녀는 조금 전에 동료가 섹스 도중에 미이라가 되는 끔찍한 광경을 보고 혼비백산해서 도망치려다가 파런너에게 제압되어 최면이 걸린 상태였다.

그래서 시선은 앞을 향해 있지만 파런너와 동료가 죽음의 섹스를 벌이고 있는 광경을 보면서도 아무것도 느끼지 못했다.

물론 파런너에게 강간을 당하고 있는 여자 역시 최면당한 상태다.

눈을 커다랗게 뜬 채 파런너가 하는 대로 몸을 내맡긴 모습이 가련했다.

여자의 정기와 음기를 흡수하기 위해서는 그냥 성기를 삽입만 한다고 되는 것이 아닌 모양이다. 만약 그게 가능했다면 파런너가 이토록 시간을 들여가면서 섹스를 하고 있지는 않았을 것이다.

섹스의 행위를 해야지만 정기와 음기가 극대화되든지 아니면 흡수할 수 있는 상황이 되는 듯했다.

침대 옆 바닥에는 파런너에 의해서 정기와 음기를 흡수당하여 미이라가 된 끔찍한 모습의 여자가 죽는 순간의 처절한 얼굴을 고스란히 간직한 모습으로 다리를 활짝 벌린 자세로 나뒹굴어 있었다. 그녀는 물기라곤 한 줌도 없는 말라비틀어진 고목 같았다.

연달아는 침대 끄트머리에 우뚝 선 채 파런너의 등을 굽어보고 있는데 두 눈에서 살기가 번뜩였다.

그는 그냥 서 있는 것이 아니라 이미 전능을 발휘하여 파런너를 공격하는 중이다.

그가 단지 생각하는 것만으로 그의 몸에서 발출된 원소들과 실내 공기 중에 떠 있는 원소들이 결합을 하여 보이지 않는 무형의 강력한 무기를 만들었다.

그 무기는 처음에 여러 자루의 날카로운 칼이 되어 파런녀의 몸 뒤쪽을 한순간에 찔러 옴짝달싹도 하지 못하게 만들 것이다.

또한 그 무기는 연달아의 생각에 따라서 칼이 되기도 하고 그물이 되기도 하며 투명한 감옥이 되어 파런녀를 가둬 버리기도 할 것이다.

무형의 무기가 다섯 자루의 칼이 되어 추호의 기척도 없이 파런녀의 양어깨와 등, 허리, 궁둥이를 향하고 있을 때 파런녀는 한 가지 이상한 것을 발견했다.

자기가 짓밟고 있는 여자의 커다랗게 떠진 눈동자에 한 사내의 모습이 비친 것이다. 바로 자기 뒤에 연달아가 우뚝 서 있는 모습이었다.

파런녀는 등줄기가 섬뜩해졌다. 맹세코 그는 이런 섬뜩함을 예전에는 한 번도 느껴본 적이 없었다.

스왓—

그 순간 파런녀의 모습이 눈앞에서 감쪽같이 사라졌다. 하지만 연달아는 똑똑히 봤다. 파런녀가 섹스를 하고 있는 여자의 몸속으로 순식간에 스며드는 광경을. 그것은 마치 물이 바싹 마른 모래 속으로 스며드는 듯했다.

파런너는 사라지고 그곳에는 최면에 걸린 여자가 섹스를 하던 자세 그대로 다리를 벌리고 누워 있는 모습만 남았다. 그녀의 성기와 무성한 음모는 번들거리는 액체로 홍건하게 젖어 있었다.

투투투툭!

퍽! 퍽! 퍽! 퍽!

그때 소음권총이 발사되는 소리와 적중되는 소리가 실내를 잔잔하게 울렸다.

고방아와 한상희, 서양순이 두 놈의 수행자를 벌집으로 만들고 있는 소리다.

"아……."

그때 파런너에게 짓밟히고 있던 여자가 최면에서 깨어나는 듯한 모습으로 상체를 일으켜 세웠다.

"흑흑흑. 어떻게 된 일이죠?"

그리고는 서럽게 흐느끼면서 가련한 표정으로 연달아를 올려다보았다. 도움을 바라는 듯 애절한 모습이다.

푸푸푹!

그때 울고 있는 여자의 유방과 복부에서 흐릿한 소리가 나면서 마치 보이지 않는 날카로운 무엇에 찔린 것처럼 그 부위가 움푹움푹 안으로 깊이 파였다. 연달아의 무형무기가 그녀의 몸속에 숨어 있는 파런너를 끄집어내기 위해서 그녀를 뚫고 들어간 것이다.

사아.

그 순간 여자의 몸 뒤쪽에서 무언가 흐릿한 물체, 아니, 그림자 같은 것이 무지하게 빠른 속도로 빠져나가더니 침대 속으로 스며들었다.

파런너다. 연달아의 무형무기가 여자의 몸속으로 파고드는 순간 여자의 몸에서 빠져나가 달아난 것이다.

파런너는 연달아가 예상했던 덧보다 좀 더 빠른 반응을 보이고 있었다.

슷—

거의 같은 순간에 연달아의 모습이 흐릿해지면서 한 움큼의 빛처럼 딛고 선 바닥 속으로 사라져 버렸다. 파런너가 침대와 바닥을 동시에 투과하여 아래층으로 사라졌다고 판단하여 그를 뒤쫓아 간 것이다.

침대에는 최면에 걸린 두 여자가 벌거벗은 모습으로 멍하니 앉아 있었다.

방금 전에 흐느껴 울면서 애절한 표정을 지었던 여자는 자신의 의지가 아니었다.

그녀는 여전히 최면에 걸린 상태인데, 파런너가 그녀의 정신을 조종하여 연달아의 주의를 흐트러뜨려 놓은 다음에 급습을 가하려고 수작을 벌이려다가 먹히지 않은 것이다.

고방아가 수행자 한 명을 상대하고, 한상희와 서양순 둘이 다른 한 명에게 다가가면서 소음권총을 발사했다.

그녀들이 주의해야 할 것이 있다. 총을 발사하더라도 섹스를 하고 있는 여자들이나 그 옆에 있는 다른 여자들은 다치지 않도록 해야 한다는 것이다.

그러다 보니까 두 놈의 몸뚱이가 여자와 겹치는 부위는 쏠 수가 없다. 워낙 가까운 거리라서 총알이 관통하면 여자들이 다칠 테니까 말이다.

고방아의 시그자우어에서 발사된 두 발의 은탄은 그녀가 표적으로 삼았던 자의 뒤통수와 뒷목을 정확하게 꿰뚫으면서 피가 푹! 뿜어졌다. 놈이 허리를 꼿꼿하게 세우고 있는 자세라서 가능했다.

하지만 한상희와 서양순이 맡은 자는 고방아처럼 고분고분하게 당해주지 않았다.

운이 없게도 그자는 파런너의 가디언이었다. 5수행자의 우두머리이며 가장 강한 바로 그 가디언 말이다.

세 여자가 움직이는 기척을 감지한 가디언은 섹스를 하다가 말고 뒤도 돌아보지 않고 번쩍 허공으로 몸을 날렸다.

보통의 경우에는 처음에 흠칫 놀라면서 동작을 뚝 멈추었다가, 그다음에 뭔가를 확인하고서 행동을 취하는 법인데, 가디언은 이상함을 느끼자마자 그 상황에서 벗어나기부터 한 것이다.

그 바람에 한상희와 서양순이 발사한 은탄 네 발은 가디언과 섹스를 하고 있던 여자가 누워 있는 상태에서 고스란히 다 맞고 그 자리에서 즉사하고 말았다.

가디언이 허공으로 떠오른 그 순간 을지은한이 재빨리 손가락으로 터질 폭(爆) 자를 써서 날렸다.

꽝!

실내를 뒤흔드는 굉장한 폭음과 함께 허공에 떠 있던 가디언의 머리가 잘 익은 수박이 터지듯 산산조각 나며 터졌다.

방금의 폭음으로 파런너의 가디언을 죽일 수는 있었지만, 실내는 그야말로 난장판으로 돌변했다.

창문과 가구들이 다 박살 나고, 가디언의 터진 머리에서 쏟아진 피와 뇌수가 사방으로 흩어져서 끔찍하기 짝이 없었다.

또한 그 바람에 최면에 걸렸던 여자들이 깨어나서 공포에 질려 실성할 것처럼 비명을 질러댔다.

파런너는 원래 40층에 있었는데 한꺼번에 5개 층 천장과 바닥을 뚫으면서 곧장 쏘아 내려갔다.

시속 몇 ㎞라고 설명할 수도 없을 정도로 지독하게 빠른 속도다. 하지만 호텔 객실의 천장과 바닥에는 아무런 흔적도 생기지 않았다.

그뿐만이 아니라 그는 35층에서 복도로 뚫고 나갔다가 맞은편 객실 벽 몇 개를 이리저리 뚫으며 휘젓고 다니고서야 겨우 멈추었다.

'무한런너가 틀림없다!'

그는 어느 객실 침대 옆에 우뚝 서서 천장을 쏘아보며 속으로 중얼거렸다.

그가 서 있는 바로 옆 침대에는 중국인 부유층 관광객 부부가 잠들어 있지만 파런너의 존재를 전혀 모르고 있다.

파런너는 자기가 헐떡거리고 있는 것을 깨닫고 움찔했다. 헐떡거리다니, 그는 아무리 많은 적을 상대하고 힘든 일을 해도 숨이 찬 적이 없었다.

그래서 그는 자신이 무한런너의 출현에 적잖이 흥분하고 또 긴장하고 있다는 사실을 깨달았다.

과연 소문으로만 듣던 무한런너다. 한순간이었지만 파런너는 소름이 쫙 끼쳤다.

게다가 그가 찾아내기도 전에 무한런너가 스스로 찾아왔다. 그 사실이 파런너를 적잖이 놀라게 만들었다.

그리고 방금 전에 파런너는 하마터면 무한런너에게 당할 뻔했다.

만약 그가 짓밟고 있던 여자의 눈동자에 무한런너의 모습이 비치지 않았더라면 꼼짝없이 당하고 말았을 것이다.

그는 얼마나 놀랐는지 뒤도 돌아보지 않고 냅다 줄행랑을 쳤으며 아직까지도 놀란 가슴이 두근거리고 있었다.

가슴이 두근거린다는 것은 신선한 충격이다. 도대체 얼마만에 느껴보는 흥분인가. 가슴이 설레었다.

그는 객실에 남겨두고 온 가디언과 정령이 이미 무한런너에게 당했을 것이라고 짐작했다.

하지만 그들을 눈곱만큼도 걱정하지 않았다. 그에게는 5수행자가 그들만 있는 것이 아니다.

중국과 한국에 흩어져서 작전을 수행하고 있지만 그들과 비슷한 수준의 5수행자들이 세 팀이 더 있다.

설사 5수행자들이 다 죽는다고 해도 눈 하나 까딱할 일이 아니다. 쓸 만한 연놈들을 골라서 또다시 만들어내면 되기 때문이다.

그는 실내를 두리번거리다가 자고 있는 중국인의 것으로 보이는 옷이 걸려 있는 것을 발견하고 급한 대로 그것을 벗겨서 입었다. 옷이 매우 컸지만 지금은 그런 것을 불평할 때가 아니다.

'급습을 당했기 때문이다. 정정당당하게 일대일로 싸우면 무조건 내가 이긴다.'

그는 대단한 상대와 싸울 것이라는 생각 때문에 흥분을 떨쳐 내기가 어려웠다.

'놈이 호텔을 나갈 때 미행하면서 기회를 노리자.'

그는 무한런너가 자신을 뒤쫓아 왔을 것이라고는 추호도 생각하지 않았다.

또한 방금 전에 무한런너와 일대일로 싸우면 무조건 자기가 이길 것이라고 해놓고서 이제 와서는 미행하다가 급습할 기회를 노리겠다고 한다.

마음속으로 무한런너가 두렵기 때문이다. 방금 전에 그는 그 정도로 놀랐던 것이다.

연달아는 파런너가 서 있는 침대 건너편에 우뚝 서서 그를 지켜보고 있었다.

하지만 파런너는 연달아의 존재를 추호도 감지하지 못하고 있다.

연달아가 자신의 모습을 완전히 투명하게 만들었으며 또한 일체의 기척을 내지 않고 있기 때문이다.

연달아가 지금이라도 공격을 가하면 파런너를 제압할 자신이 있지만, 조금 전에 40층에서 파런너가 보여준 행동을 보면 호락호락하지 않을 듯했다.

연달아가 자칫 실수를 하거나 싸우는 과정에 소란이라도 일어난다면 침대에서 자고 있는 부부가 다치거나 죽을 수도 있다.

그래서 좀 더 완벽한 방법을 궁리하고 있는 것이다. 침대에서 자고 있는 부부가 북한 사람이든 중국인이든, 무고한 사람에게 피해를 입히는 것은 피하고 싶었다.

사아.

그때 파런너가 하나의 빛처럼 희끗하게 번뜩이더니 객실 창문을 투과하여 밖으로 나갔다.

파런너는 투명한 모습의 연달아 옆을 스쳐 지나가면서도 그를 발견하지 못했다.

파런너는 흐릿한 빛의 형태를 한 상태에서 지상을 향해 비스듬히 매우 빠른 속도로 내리꽂혔다.

사람이나 어떤 형체를 갖춘 것이 아니고 마치 높은 곳에서 아래를 향해 한 바가지의 맑은 물을 힘껏 뿌린 것 같은 모습으로 쏘아 내렸다.

삭.

나뭇잎이 바닥에 떨어질 때의 미약한 소리와 함께 파런너는 순식간에 50여 미터를 하강하여 고려호텔 길 건너 인도 바닥에 그대로 충돌했다.

그러나 한 바가지 물 같은 그의 모습은 인도에 충돌하면서 감쪽같이 사라져 버렸다.

인도 속으로 스며든 것이다. 그곳에 숨어 있다가 고려호텔에서 나오는 연달아를 미행하려는 의도다.

런너가 모습을 다른 것으로 바꾸거나 형체를 사라지게 하는 것은 별로 어려운 일이 아니다.

인간의 신체를 이루고 있는 원소들 중에서 가장 큰 비중을 차지하는 것이 산소 56.1%, 탄소 28%, 수소 9.3% 순서다.

인간이 원래 갖고 있는 26개 원소로는 모습을 바꾼다거나 형체를 사라지게 하는 등 그 밖에 여러 능력을 발휘할 수가 없다.

하지만 거기에 몇 가지의 우주물질이 가미되면 상상할 수도 없는 놀라운 능력이 발휘된다.

몸을 기체화시킨다든지 아니면 어떤 화학적 변화를 일으켜서 다른 모습으로 바꾸는 것은 어린아이 장난처럼 쉬운 일이다.

파런너는 지금 그런 방법으로 고려호텔 40층 자신의 객실에서 여기까지 내려와 은둔한 것이다.

연달아는 파런너와 오래 놀아줄 시간도, 그리고 싶은 마음도 없다.

그는 지금 파런너의 뒤에 있다. 즉, 땅속에 기체의 형태로 스며들어 있는 파런너와 똑같은 기체가 되어 파런너에게서 2미터 떨어진 땅속에 있는 것이다.

연달아는 파런너에게 어떤 능력이 있는지, 그리고 자신에게는 그를 제압할 수 있는 어떤 능력이 있는지 궁금했지만 곧 흥미를 잃었다.

기체가 된 파런너는 네 개의 탄소 분자와 두 개의 산소 분자, 그리고 한 개의 마그네슘 분자를 이용하여 보이지 않는 눈, 즉 '뷰파인더'를 만들어서 그것으로 흙과 돌을 투시하여 고려호텔 입구를 주시하고 있다.

스으으.

그때 문득 파런너는 깊은 산골짜기에 부슬비가 내리는 듯한 이상한 소리를 감지했다. 그래서 혹시 비가 오는 것인가라고 생각했다.

오옴.

그리고는 100km쯤 떨어진 아주 먼 곳에서 작은 종을 친 것 같은 소리가 메아리처럼 들려오는 것을 느꼈다.

파런너는 머리가 혼란스러워졌다. 그리고 어떻게 해야 할지 갈등했다.

그러나 지금 감지되고 있는 이 소리가 뭔지를 알아야 거기에 맞춰서 대응을 할 수 있을 텐데, 도대체 무슨 소린지 어디에서 나는 것인지, 자신에게 어떤 영향을 미칠 것인지 도무지 알 수가 없다.

쩌어.

그런데 방금 전하고는 또 다른 기이한 음향이 흐르더니 그가 주시하고 있던 고려호텔 입구까지의 모습이 갑자기 부옇게 흐려졌다.

'이건 또 뭐… 냐. 도대체……'

고려호텔 입구가 마치 여러 겹의 더럽고 깨진 유리를 겹쳐놓은 것처럼 엉망으로 이지러져서 보였다.

파런녀는 불길함을 느꼈다. 갑자기 이런 상황이 벌어졌다는 것은 주위에 무한런녀가 있다는 뜻이다.

본능적으로 그것을 느낄 수가 있다. 하지만 그가 어디에 있는지는 모른다.

그러나 한 가지는 분명히 안다. 이대로 있다가는 당하고 말 것이라는 사실이다.

그는 땅속에서 빠져나가기로 마음먹고 위로 불쑥 솟구쳐 올랐다.

쩌… 쩌어…….

그런데 몸이, 아니, 기체가 움직여지지 않았다. 손가락 하나 꼼짝할 수가 없다.

'이럴 리가 없다. 도대체 무엇 때문에…….'

기체는 이동을 하거나 또 모습을 감추는 데 좋은 반면에 촉감이나 냄새 같은 것을 느낄 수가 없다. 사람의 몸으로 돌아가야만 뭐라도 느낄 수가 있다.

그래서 그는 지금이 과연 어떤 상황인지 짐작조차도 할 수가 없다.

기체화된 몸이 움직여지지 않는 탓에 주위를 둘러볼 수도 없기 때문이다.

단 한쪽 방향 고려호텔 입구만을 볼 수 있는데 그것도 도저히 사물을 구별할 수 없을 정도로 일그러진 광경이다.

퍼어.

그때 파런너가 인도를 뚫고 위로 솟구쳤다. 흙과 돌들은 땅속에 그대로 남아 있고 기체가 된 파런너만 위로 솟구쳐서 인도 위에 우뚝 서 있다.

하지만 그는 자기 스스로 위로 솟구친 것이 아니라 타의에 의해서 그렇게 되었다. 즉, 연달아가 그를 땅속에서 뽑아 올린 것이다.

또한 그는 가로세로 1미터 길이의 정사각형 투명한 얼음 안에 갇혀 있는 모습이다.

즉, 희뿌연 기체가 찢어지고 늘어진 빨래 같은 모습으로 꽁꽁 언 채 얼음 안에 담겨 있는 것이다.

파런너가 고려호텔을 바라볼 때 불투명하고 이지러지게 보였던 것은 얼음 속에 갇혔기 때문이었다. 뒤에 있던 연달아가 그를 순식간에 얼려 버렸던 것이다.

그는 인도 위에 올라서고 나서야 자신이 얼음 속에 갇혔다는 사실을 깨달았다.

그리고 그것이 보이지 않는 곳에 있는 무한런너의 작품이라는 사실도 더불어서 깨달았다.

그렇게 생각하니까 갑자기 흥분과 두려움과 긴장이 한꺼번에 엄습했다.

그 세 개의 느낌 중에서 어느 것이 크다고 할 수는 없다. 다 비슷한 비중으로 그를 압박했다. 하나씩 느껴도 짜릿한데 한꺼번에 세 개의 느낌이라니, 기묘한 쾌감이 발끝에서 머리 꼭대기까지 관통했다.

'흐흥! 해보자는 거지?'

그는 가볍게 코웃음을 치며 자신이 지니고 있는 27개의 우주물질들을 끌어올렸다.

퍼펙!

그 순간 얼음덩어리가 산산조각나면서 사라지고 기체화됐던 파런너가 빠져나와 수직으로 솟구쳤다.

그 과정에서 그는 또 다른 변형을 일으켰다. 인체의 원소 26개와 우주물질 27개 도합 53개의 원소들을 제각기 필요에 따라서 15개 정도로 이합집산하여 허공중에 여러 방향으로 산산이 흩어지게 했다.

사람이 기체가 되었다가 분자화시켜서 흩어놓으니까 그저 밤공기와 다를 바가 없다.

공기 중에도 수많은 원소가 있고, 흙이나 바위 나무에도 여러 원소가 뒤엉켜 있다.

하지만 파런너가 흩트려 놓은 53개의 원소들은 살아 있다. 뭉치면 사람이 되고 흩어지면 공격무기가 된다.

스우우.

그때 방금 전에 산산조각난 얼음덩어리가 있던 자리에 흐릿한 물체가 안개처럼 피어나는가 싶더니 곧 연달아의 모습이 드러났다.

'후후. 드디어 나타났구나. 무한런너.'

15개의 원소집합체로 흩어져 있는 파런너는 허공 어디에선가 득의하게 미소 지으며 첫 번째 공격을 시도했다.

우주물질 중에서 가장 기초적인 원소인 수소 두 개를 핵분열을 일으켜서 그것을 연달아에게 발사했다.

아무런 기적도 없이 핵분열을 일으키는 두 개의 수소가 연달아의 등을 향해 빛과 같은 속도로 쏘아가면서 중수소로 변환했다.

중수소가 핵분열이나 핵융합을 일으키면 중수소의 원자핵에서 중성자와 감마선이 뿜어져 나오면서 폭발한다.

이것을 응용한 폭탄이 바로 중성자탄이다. 건물이나 물체는 일체 파괴하지 않고 그 안에 있는 사람이나 동물 등 생물체만 골라서 죽인다.

탱크에 중성자탄을 발사하면 탱크에 전혀 손상을 입히지

않으면서 그 안에 있는 군인들만 신경마비나 심장마비로 생명을 잃게 된다.

중성자탄은 방사능이 없는 소형 핵폭탄 같은 무시무시한 위력을 지녀서 현대전에서는 일개 소대병력이 휴대하기도 하는 것으로 알려져 있다.

현재 대한민국도 미군에 의해서 수천 발의 중성자탄을 보유하고 있는 상황이다.

연달아는 몸을 돌리지도 않았는데 어느새 자신을 향해 쏘아오는 중수소핵을 향해 돌아서 있었다.

번— 쩍!

그리고 바로 그의 30㎝ 앞에서 중수소핵이 핵분열을 일으키면서 중성자탄으로 변하며 폭발을 일으켰다.

눈부신 새하얀 백색섬광이 막 성냥불을 켤 때처럼 확! 하고 일어났다.

중성자탄은 반경 1200미터 이내의 모든 생명체들의 세포를 파괴해서 살상한다.

그러므로 이것이 폭발하면 고려호텔은 물론이고 이 근방에 있는 건물 안의 모든 사람들이 목숨을 잃게 된다. 그 수는 족히 수천 명에 이를 것이다.

파런너는 연달아 한 사람을 죽이기 위해서 수천 명의 목숨 같은 것은 안중에도 없다.

중성자탄 등의 핵폭발은 0.5마이크로초 안에 시작되고 끝난다. 하지만 연달아는 그보다 수천 배 빠른 0.0001마이크로초 단위까지도 감지하고 분리하여 그 안에서 동작을 취할 수가 있다. 그렇게 한다면 시간을 정지시켜 놓은 상태에서 움직이는 것이나 다름없다. 참고로 1마이크로초는 백만분의 1초다.

또한 연달아는 거의 전지전능에 가까운 능력을 지니고 있기 때문에 아무리 작은 물체라도 충분히 볼 수가 있다. 설사 그것이 분자나 원자라고 해도 말이다.

그는 자신의 눈앞에서 시작되는 핵폭발을 그냥 쳐다보고 있기만 했다.

하지만 몸동작을 하지 않았다고 해서 아무 조치를 취하지 않은 것은 아니다.

사실 그에게는 몸동작보다 훨씬 뛰어난 정신과 의지라는 것이 존재하고 있다.

엄청난 핵폭발을 일으키기 시작한 중성자탄은 이제 백색 섬광이 사방으로 뿜어지는 상황만 남았다.

폭.

그런데 핵폭발이 시작되는가 싶더니 갑자기 강한 바람에 성냥불이 꺼지듯 맥없이 꺼지며 사라져 버렸다.

'저… 게 어떻게 된 거야?

자신의 몸을 15개의 원소집합체로 만들어서 의지만 갖고 있는 파런너는 움찔 놀랐다.

중수소가 핵분열을 일으키기 직전에 연달아가 중수소를 분리하여 핵폭발을 원천봉쇄해 버렸다는 사실을 파런너가 짐작이라도 할 리가 없다.

하지만 파런너는 자신의 첫 번째 공격이 실패했다는 사실을 깨달았다.

슈욱!

그런데 연달아가 갑자기 수직으로 몸을 솟구치더니 고려호텔 꼭대기를 향해 유유히 쏘아 올라갔다.

'저놈. 어딜 가는 거야?'

파런너는 머리가 어지러웠다. 여태까지 일어났던 일들과 지금 현재 일어나고 있는 일들을 이해하는 데 그의 두뇌는 한계에 도달했다.

중성자탄을 어린아이장난처럼 간단하게 와해시켜 버린 연달아의 다음 행동은 당연히 자신을 찾아내서 공격을 가하는 것이어야 한다.

그런데 그는 공격은커녕 도망치듯이 고려호텔로 사라지고 있지 않은가.

휘스스.

"어… 엇?"

그런데 파런너는 자신이 분해해 놓은 15개의 원소집합체들이 어디론가 세차게 빨려가는 것을 느끼고 깜짝 놀랐다.

다음 순간 15개의 원소집합체들은 하나로 뭉쳐져서 흐릿한 기체가 되었다.

그리고는 느닷없이 사방에서 수만 개의 새하얀 알갱이들이 날아들어 모이더니 가로세로 1미터 크기의 정사각형 얼음덩어리를 형성했다.

그리고 기체, 즉 기체로 화한 파런너는 어떻게 해볼 새도 없이 얼음덩어리 안에 갇히고 말았다.

그러나 그뿐만이 아니다. 또 다음 순간에 그는 얼음덩어리에 갇힌 채 땅속에 파묻혔다.

그런가 싶은 순간 한 바가지의 물 같은 모습으로 변해서 땅을 뚫고 솟구쳐서 빛처럼 빠르게 고려호텔을 향해 쏘아 올라가서는, 창을 투과해서 어느 객실로 들어갔다.

그곳 침대에서는 부유한 중국인 부부가 아직도 세상모른 채 곤한 잠에 빠져 있었다.

스사아아.

'으어어……'

파런너가 정신을 차릴 새도 없이 그는 여러 개의 객실 벽과 천장을 투과하여 위로 솟구쳤다.

그는 자신의 의지와는 전혀 관계없이 벌어지고 있는 이 움

직임에서 벗어나려고 젖 먹던 힘을 다했으나 요지부동 꼼짝
도 할 수가 없었다.

그리고 마지막 순간에 그는 최초에 자신이 있었던 고려호
텔 40층 어느 객실 침대 위로 되돌아와 있었다.

그 순간이 돼서야 그는 비로소 어떻게 된 일인지 이해할 수
있었다.

연달아가 타임리와인드를 한 것이다. 즉, 중성자탄이 폭발
하던 시점으로부터 고려호텔 40층 객방에서 섹스를 하던 시
점으로 대략 1분 남짓 동안을 과거로 회귀한 것이다.

사실 그것처럼 간명한 방법이 없다. 연달아 입장에서는 골
치 아프게 파런너와 투닥투닥 싸울 필요도 없고, 그저 가만히
서 있다가 자기 앞에 되돌아오는 파런너를 냉큼 붙잡기만 하
면 되는 것이다.

물론 파런너도 타임리와인드를 할 수 있다. 하지만 상대가
무한런너라면 얘기가 달라진다. 자기보다 더 강한 런너에겐
타임리와인드가 먹히지 않는다. 또한 강한 런너가 펼친 타임
리와인드에서 벗어날 수도 없다.

연달아는 자신과 파런너 사이에서 일어났던 상황만 콕 찍
어서 타임리와인드를 했다.

그러므로 실내에서는 고방아와 한상희, 서양순이 이미 가
디언과 정령을 죽이고 나서 그곳에 있던 여자들을 수습하던

중이었다.

스으으.

파런너가 얼마 전에 했던 동작, 즉 연달아의 공격을 피하여 섹스를 하던 여자의 몸에서 빠져나가 침대와 바닥을 뚫고 아래층으로 도망치던 동작을 그는 역으로 행하여 침대 위에 떡하니 다시 돌아왔다.

기체였던 몸도 사람의 몸으로 환원했으며, 35층 어느 객실에서 중국인 남자의 옷을 입었던 것도 벗겨져서 원래의 알몸상태가 되었다.

더구나 웃긴 것은, 그가 섹스를 하던 여자는 이미 한상희, 서양순에 의해서 저만치 소파에 앉혀져 있는데, 그는 마치 그곳에 벌거벗은 여자가 있는 양 엎드린 자세로 열심히 허리로 상하운동을 하고 있는 것이 아닌가. 그는 섹스를 하고 있던 딱 그 상황으로 되돌아온 것이다.

섹스를 하던 상대 여자도 없는데 혼자서 열심히 그 짓을 하고 있으며, 더구나 그의 뒤에 연달아가 우뚝 서서 지켜보고 있었다.

이것저것 다 떠나서 적에게 이따위 꼴을 보이고 있다는 사실은 무지하게 수치스러운 일이 아닐 수가 없다. 더구나 자존심만큼은 누구에게도 지지 않는 파런너로서는 죽기보다 싫은 일이다.

설명은 길었으나 고려호텔 맞은편에서 이곳 객실까지 타임리와인드 한 시간은 0.1마이크로초밖에 되지 않았다. 즉, 천만분의 1초 만에 타임리와인드된 것이다.

수치심의 끝은 분노다. 파런너는 자신이 받은 수치심 곱하기 백만 배로 분노를 끌어올려서 연달아에게 급습을 가하려고 기회를 노렸다.

연달아는 우주물질이 13개 있었을 때에도 과거와 미래를 마음대로 넘나들었다.

하물며 지금 그에겐 72개의 우주물질이 내재되어 있는데 시간을 마음대로 주무르는 것쯤은 요즘 아이들이 휴대폰으로 문자를 주고받는 것보다 쉬운 일이다.

"으허……."

그런데 그때 이상한 일이 또 벌어졌다. 파런너는 자신의 몸이 느닷없이 해체되는 듯한 느낌이 들었다.

뼈는 뼈대로 살은 살대로, 그리고 피와 내장, 장기들이 이리저리 흩어지는 듯한 기묘한 느낌이다. 입속에서 이빨 하나만 뽑아도 기분이 이상한데 온몸이 해체되는 느낌이라니 오죽하겠는가.

'이… 이건 또 뭐야?'

그는 자신의 수치스러운 모습을 무한런너에게 송두리째 보이는 상황에도 불구하고 별안간 급습을 가하려고 마음먹고 있다가 또다시 뒤통수를 얻어터지고 말았다.

지금 그의 몸에서 벌어지고 있는 상황이 뭔지는 몰라도 지금까지의 일로 미루어 봤을 때 좋지 않은 일인 것만은 틀림없을 것이다.

슥.

파런너는 자신의 의지하고는 상관없이 엎드린 자세에서 상체가 꼿꼿하게 일으켜지는가 싶더니 빙글 연달아 쪽으로 돌려졌다.

벌거벗은 데다 책상다리 자세로 침대에 앉아 있는 파런너는 바로 앞에 우뚝 서 있는 연달아의 얼굴을 뜨악한 표정으로 올려다보았다.

파런너는 적들 중에서도 최대의 적 무한런너를 1미터 앞에서 마주 보게 될 것이라고는 상상조차 하지 못했다.

연달아는 팔짱을 낀 자세에 담담한 표정으로 그를 묵묵히 주시하고 있었다.

순간 파런너는 지금이야말로 무한런너를 죽일 수 있는 절호의 찬스라고 생각했다.

속담에도 '꿩 잡는 게 매'라고 했다. 제아무리 수모를 당하든, 정신없이 두들겨 맞았든지 결국 마지막에 웃는 자가 승리자인 것이다.

평소에 그는 그 말을 좋아한다. '마지막에 웃는 자가 승리자다' 얼마나 멋진 말인가.

'이 자식. 나를 너무 우습게 봤다!'

그는 속으로 차디차게 웃고 나서 자신의 우주물질 27개를 모조리 끌어올려 핵분열을 일으키면서 1미터 앞의 연달아를 향해 쏟아냈다.

그러기 위해서는 가만히 앉아만 있어도 되는데 몸을 사용하면 좀 더 효과가 좋을 것 같아서 두 손바닥을 연달아를 향해 힘껏 뻗으면서 벌떡 퉁기듯 상체를 일으켰다.

우주물질 27개가 모조리, 그리고 한꺼번에 핵분열을 일으키면 평양시 전체가 초토화될 것이다.

그래도 상관없다. 무한런너를 죽일 수만 있다면 북한 전체를 날려 버린다고 해도 눈썹 하나 까딱하지 않는다.

파런너는 천성적으로 싸움을 좋아한다. 아니, 좋아하는 정도가 아니다.

죽을 때까지 하루도 쉬지 않고 매일 싸움만 하다가 죽었으면 좋겠다고 생각할 정도다.

그런데 이상했다. 27개 원소들의 핵폭발이 일어나지 않았다. 핵폭발은커녕 방귀 소리조차 들리지 않았다.

평양시 전체가 초토화될 것이라고 예상했는데, 연달아는 여전히 팔짱을 낀 채 물끄러미 가엾다는 표정을 지으며 파런너를 굽어보고 있었다.

더구나 파런너는 27개 우주물질을 힘차게 쏟아내는 자세를 취하고 있었다. 즉, 책상다리로 앉아 있다가 벌떡 궁둥이를 들어 올리고 상체를 일으키면서 두 손바닥을 힘차게 연달아를 향해 뻗어내는 자세였다.

실내에 고요한 정적이 흘렀다. 그런데 아주 기분 나쁜 정적이었다.

그리고 파런너는 괜히 혼자서 벌떡 상체를 일으키면서 쇼를 벌였는데 아무도 봐주지 않은 듯한 머쓱한 상황 때문에 더욱 수치스러워졌다.

그는 뭔가 잘못됐음을 깨달았다. 우주물질을 쏟아내는 방법이 틀렸던 것일까?

그래서 무릎을 꿇고 상체를 곧추세운 자세에서 두 손바닥을 연달아를 향해 다시 힘차게 뻗으며 우주물질을 쏟아내는 것을 시도했다.

파닥파닥파닥.

아직 미숙한 병아리가 날갯짓을 하듯 열심히 두 팔을 휘젓고 궁둥이를 들썩거렸다.

두 번… 세 번… 다섯 번까지 연이어 씩씩거리면서 두 손을 뻗어낸 그는 핵폭발이 일어나지 않자 제풀에 지쳐서 그만두고 말았다.

바람대로 우주물질이 쏟아져 나가기는커녕 애꿎은 고추만

딸랑거렸을 뿐이다.

그리고 그때 그는 어떤 충격적인 사실을 깨달았다. 조금 전에 자신의 몸이 한바탕 해체되는 듯한 느낌을 받았던 것이, 몸에서 우주물질 27개가 송두리째 빠져나가는 느낌이었다는 사실을 말이다.

물론 빠져나간 27개의 우주물질들은 연달아가 가져갔을 것이다. 좋게 말해서 가져간 것이지 실은 탈취해 갔다고 해야 옳다.

연달아는 파런너의 우주물질 27개를 제거하려고 했으나, 버리는 것보다는 자기가 갖는 것이 좋겠다는 생각이 들어서 몸에 흡수해 버렸다.

그런데 27개 우주물질 중에서 그가 이미 갖고 있는 것들이 대부분이었다.

다만 그중에 세 개만이 새로운 물질이다. 그래도 우주물질 세 개가 어딘가. 그래서 그는 체내에 우주물질을 도합 75개를 보유하게 되었다.

파런너가 우주물질을 어디에서 얻었는지는 모르지만, 그 정도면 엄청난 수준이다.

이리가수미와 보장태왕이 각각 13개씩을 지니고 있었으니까 만약 두 사람이 파런너하고 마주쳤다면 절대로 살아남지 못했을 것이다.

파런너는 와락 얼굴이 일그러지면서 연달아를 잡아먹을 듯이 노려보았다.

"너… 이놈의 새끼……."

그는 너무 어이가 없고 분노해서 어떻게 해야 할 줄 모르고 몸을 부들부들 마구 떨었다.

런너에게서 우주물질을 탈취하여 자기 것으로 만든다는 얘긴 들어본 적도 없었다. 그런데 설마 자기가 그런 일을 당할 줄이야 상상이나 했겠는가.

하지만 그래 봐야 아무 소용이 없다. 연달아가 강탈해 간 우주물질을 순순히 되돌려줄 리가 없다. 이제 파런너는 일개 평범한 사람에 지나지 않은 신세가 된 것이다.

제아무리 분노해서 몸을 떨어봐야 죄 없는 고추만 딸랑거리는 처량한 모습일 뿐이다.

연달아는 파런너를 측은한 눈빛으로 굽어보았다. 그러나 파런너는 그의 그런 눈빛마저도 죽는 것보다도 더 견디기 어려웠다.

이런 상황에서는 차라리 연달아가 자신을 죽여주었으면 더 바랄 게 없겠다.

"달아."

그때 고방아의 나직한 목소리가 들렸다.

연달아가 돌아보자 고방아는 움찔했다. 함부로 연달아의

이름을 불렀다는 사실 때문이다.

아까 백화원 초대소에서 그녀는 연달아를 '자기'라고 불렀다가 한바탕 난리가 났었다.

"이 여자들 말이야……."

그녀는 살짝 얼굴을 붉히고 목을 움츠리며 한쪽을 가리켰다. 소파에는 조금 전까지 파런너와 수행자에게 강간을 당했던 두 명의 여자가 웅송그린 채 앉아 있고 소파 앞에 세 구의 미이라와 총에 맞은 여자가 피투성이 모습으로 쓰러져 있었다.

그녀들은 서기국 유니폼을 입고 서로를 의지한 채 흐느껴 울고 있는데 가련하기 짝이 없는 모습이었다.

아닌 밤중에 상관의 명령으로 불려 나와서 강간을 당하고 처참하게 죽음을 당했으니 자신들의 처지가 기가 막히고 어이가 없을 것이다.

그녀들의 최고상관인 서기국 비서는 김정남의 지시를 받았다. 파런너에게 최면을 당한 최고지도자 동지 김정남의 명령을 서기국 책임자는 반 마디 저항도 못하고 일사불란하게 처리했다.

연달아는 파런너를 침대 위에 내버려 두고 그녀들을 향해 걸어갔다.

파런너는 철저히 방치되었다. 아니, 무시되었다. 이제는 아무 짝에도 쓸모없는 그저 평범한 인간이기 때문에 아무 데나 내버려 둬도 상관이 없는 것이다. 그래서 그는 뭐라고 형언하기 어려운 참담한 절망에 사로잡혔다.

'개새끼……'

걸어가고 있는 연달아의 뒷모습을 아무리 힘껏 노려봐도 쓸데없는 짓이다.

얼마 전까지만 해도 이런 동작 하나만으로 상대가 불길에 휩싸여서 순식간에 잿더미가 돼버렸는데, 이제는 노려보는 것만으로도 눈이 아프고 힘이 들었다.

연달아는 고방아와 한상희 등 여자들을 향해서 천천히 걸어가고 있는데, 그가 세 걸음쯤 걸었을 때 놀라운 일이 벌어지기 시작했다.

스우우.

빨강, 노랑, 초록, 검정, 남색의 다섯 가지 색깔 무지개 같은 것이 실내 한가운데 허공에서 만들어졌다.

그러더니 오색 무지개가 세 구의 미이라와 총에 맞은 여자를 향해 안개가 내리듯 흘러내렸다. 그리고는 미이라들을 감싸고 여기저기를 쓰다듬듯 맴돌았다.

그렇게 약 10초 정도 흘렀을 때 놀라운 일이 벌어졌다.

"아……."

"음……."

오색 무지개가 스르르 천장으로 떠오르자 조금 전까지만 해도 미이라였던 여자들과 총에 맞아서 죽은 여자가 원래의 모습을 되찾고 부스스 깨어나 나직한 신음을 흘리는 것이 아닌가.

서기국의 두 명의 여자는 혼비백산 놀랐으나 곧 그녀들을 부둥켜안고 울음을 터뜨렸다.

미이라였다가 그리고 총에 맞아 죽었다가 되살아난 벌거벗은 네 여자는 어리둥절했다가 서기국 여자들에게 어떻게 된 일인지를 듣고는 그녀들보다 더욱 큰 소리로 울부짖었다.

그런데 그때 또다시 놀라운 광경이 벌어지기 시작했다. 천장에 떠 있던 오색 무지개가 마치 이슬비가 내리듯 아래를 향해 하강하더니 파런너의 두 명의 수행자, 즉 죽은 가디언과 정령의 몸으로 내려앉았다.

가디언은 을지은한에 의해서 머리통이 박살 나서 즉사했으며, 정령은 고방아의 은탄에 뒤통수와 뒷목이 관통되어 그 역시 즉사한 처참한 모습이었다.

스으으으.

박살 나서 실내 온 사방으로 흩뿌려졌던 가디언의 머리통 잔해들, 즉 뼛조각과 살점, 피와 뇌의 부스러기 따위들이 가디언 어깨 위로 모여들어 빠르게 하나의 머리통을 만들어가기 시작했다.

동시에 정령의 뒤통수와 뒷목의 뻥 뚫어진 상처에 오색 무지개가 닿더니 순식간에 아물었다.

이어서 가디언과 정령은 부스스 일어나더니 주위를 둘러보고 나서 연달아를 발견하고는 곧장 그에게 걸어와 앞에 나란히 섰다.

서기국의 여자 여섯 명은 자신들의 눈앞에서 벌어진 엄청난 광경에 너무 놀라서 벌린 입을 다물지 못했다.

미이라가 됐던 세 여자는 자신들도 저런 과정을 거쳐서 되살아났다는 사실을 깨닫고 새삼 가슴을 쓸어내리며 안도의 한숨을 내쉬었다.

또한 연달아에게 더없는 고마움을 느꼈으며 그가 인간이 아닌 신처럼 여겨졌다.

만약 연달아가 하나의 종교를 창시한다면 오래지 않아 현존하는 모든 종교를 앞질러 최대종파가 될 것이 분명하다.

기적을 실제로 행하는 종교란 없으니까 말이다. 불치병에 걸린 사람들을 완치시키고, 불구를 고치며, 심지어 죽은 사람들까지도 되살리는 기적을 실현하는데 대체 어느 누가 그런 종교를 믿지 않겠는가.

침대 위에 우두커니 앉아 있는 파런녀는 눈앞에서 벌어지는 일들을 마치 남의 일처럼 지켜보고 있었다. 그는 몸에서 우주물질이 빠져나가더니 완전히 사람이 변했다. 평범하다 못해서 바보가 돼버린 듯했다.

그가 27개의 우주물질을 지니고 있을 때에는 죽은 사람을 살리는 능력이 있었다.

하지만 방금 본 것처럼 미이라가 된 여자들이나 머리가 박살 난 사람을 살리는 것은 불가능했다.

그러려면 더 많은 우주물질이 필요한데 그가 갖고 있던 우주물질로는 신체를 모두 갖춘 상태에서 죽은 사람을 살릴 수 있는 정도였다. 그것도 죽은 지 10여 분 이내의 사람만이 가능했다.

연달아는 자기 앞에 서 있는 가디언과 정령을 보면서 고개를 끄덕였다.

단지 그것뿐 아무 말도 하지 않았다. 하지만 그는 가디언과 정령을 되살릴 때 이미 그들의 정신을 제압해 놓은 상태다. 그리고 방금 텔레파시로 어떤 명령을 내렸다.

스윽—

"허엇?"

그때 침대 위에 있던 파런너가 느닷없이 쏜살같이 날아와 연달아 앞 가디언 옆에 우뚝 세워졌다. 물론 연달아가 그를 끌어당긴 것이다.

벌거벗은 세 남자가 나란히 서 있는 모습은 매우 우스꽝스러운 진풍경이었다.

연달아는 담담한 표정으로 파런너를 쳐다보았다.

"이제부터 너는 나를 위해서 일을 해줘야겠다."

"무슨 헛소리를……."

파런너가 우주물질을 뺏겼다고 정신까지 어떻게 된 것은 아니다. 그는 와락 인상을 쓰면서 내뱉었다.

"너의 우주물질을 돌려주마."

"옛?"

연달아의 느닷없는 제의에 파런너는 자신의 귀를 의심할 정도로 놀랐다.

한 번 탈취해 갔던 우주물질을 돌려주겠다니, 언감생심 꿈도 꾸지 않았던 일이다. 그는 연달아가 정신이 어떻게 된 것이 아닌지 의심스러웠다.

"어떠냐? 내 부하가 되겠느냐?"

파런너는 일초도 갈등하지 않고 힘차게 고개를 끄덕였다.

"무조건 네 부하가 되겠다."

수락하는 것은 말뿐이니까 부하가 되겠다고 하고 나서 우주물질을 되찾아 런너가 된 후에 연달아를 죽여 버리면 되는 일이다.

연달아는 고개를 끄덕였다.

"알았다. 돌려주마."

파런너는 우주물질을 돌려받는 순간 즉각 연달아를 공격하여 죽일 생각을 했다.

파아.

그때 연달아에게서 무형의 우주물질들이 뿜어져 나와서 바로 앞에 서 있는 파런너의 몸으로 스며들었다.

파런너는 부르르 몸을 떨었다. 그는 기운이 충만한 것을 느끼고 우주물질을 되찾았다는 사실을 깨달았다.

하지만 그는 방금 전에 생각했던 것처럼 연달아를 급습하지는 않았다.

연달아가 우주물질을 돌려주면서 원래 파런너의 것이 아니었던 것 하나를 더 주었기 때문이다. 그것은 바로 '복종의 정신'이었다.

그것이 파런너에게 주입되는 순간 그는 연달아의 부하가 돼버린 것이다.

그러므로 그는 앞으로 영원히 연달아를 죽일 생각 같은 것은 꿈에서조차 꾸지 못할 것이다.

또한 연달아는 파런너가 원래 갖고 있던 우주물질 27개를 다 돌려주지 않았다.

그중에서 연달아 자신이 갖고 있지 않았던 새로운 우주물질 세 개를 남겨두었다.

또한 파런너에게는 열 개의 우주물질만 돌려주었다. 그 정도면 충분히 런너로서 활동할 수 있을 것이라고 생각했다. 우주물질을 돌려주지 않으면 틀림없이 묵인자의 의심을 받을 것이다.

어쨌든 파런너는 적이며 묵인자의 오른팔이다. '잠정적 우리 편'이라는 것은 말 그대로 '잠정적'이다. 어느 시기까지만 우리 편이라는 뜻이다.

그러므로 장차 어떤 알 수 없는 상황이 닥쳐서 연달아가 제압해 놓은 그의 정신이 속박에서 벗어나게 된다면 다시 적이 돼버릴 것이다. 그때를 대비해서 열 개의 우주물질만 돌려준 것이다.

"네 이름이 뭐냐?"

"설이파(薛離波)입니다."

파런너는 종이 주인에게 고하듯이 공손히 대답했다.

고방아와 한상희, 서양순은 신기한 듯 그 광경을 지켜보고 있었다.

연달아는 뭔가 짚이는 것이 있어서 물었다.

"너는 설인귀하고 관계가 있느냐?"

"그분은 제42대조입니다."

"그래?"

설인귀는 당나라의 장군으로서 고구려를 정벌하는 데 맹활약을 펼쳤던 역사적으로 유명한 인물이다.

　파런너가 설인귀의 후손이고 또 묵인자 이세민의 오른팔이 된 것은 우연이 아니었던 것이다.

제69장

아! 독도!

R U N N E R
런너

파런너의 일은 일단락되었다.

그가 연달아의 부하가 됨으로써 북한에서 벌어지고 있는 현재의 상황이 묵인자에게 어떻게 전달될 것인지에 대해서는 더 이상 염려하지 않아도 된다.

용걸태와 김정남에게 갔던 아랑과 고선우, 연연화는 파런너의 5수행자 중에 디스트로이어와 사도를 아예 작살을 내서 죽여 버렸다.

고방아가 예상했던 대로 고선우와 연연화가 힘겨운 싸움을 하자 아랑이 나서서 염력으로 디스트로이어와 사도의 몸을 갈가리 찢어발긴 것이다.

아랑은 연달아에겐 더없이 순종적이고 애교를 잘 부리지만 적들을 상대할 때 보면 잔인하기 짝이 없었다. 아마도 연달아 측근 중에서는 그녀가 가장 잔인할 것이다.

연달아는 디스트로이어와 사도를 다시 살려내서 정신을 제압하여 파런너에게 돌려주었다. 또한 정옥군이 제압한 솔저의 정신도 제압했다.

그리고 연달아는 죽은 용걸태의 부하들을 되살려냈으며, 파런너에게 최면이 걸렸던 김정남도 원상회복시켜 주었다.

이로써 북한의 일은 앞으로 모든 것이 순조롭게 착착 진행될 것이다.

다음날 하루의 일과를 마친 후에 연달아와 측근들은 백화원 초대소 연달아의 거처 소파에 모두들 모여 앉았다.

연달아가 모두를 모이게 한 이유는 파런너에게 뺏은 우주물질을 그들에게 나누어 주기 위해서다.

우주물질 27개 중에서 세 개는 연달아가 갖고 열 개는 파런너에게 돌려주어 14개가 남아 있는 상태다.

연달아는 우선 고방아와 아랑, 을지은한, 고선우, 연연화, 정옥군, 한상희, 서양순에게 각각 우주물질 한 개씩을 주입시켜 주었다.

한상희와 서양순은 다물수호대가 아니면서도 우주물질 하나씩을 얻는 행운을 붙잡았다.

이제 우주물질 14개 중에서 6개가 남았다. 하나는 연정토 몫으로 남겨두었고, 나머지 다섯 개를 이들 중에 다섯 명에게 하나씩 더 주입시켜 주려고 마음먹었다.

"언니 줘. 오빠."

"방아 언니 주세요."

"여황 폐하께 드리는 것이 좋을 것 같습니다."

그런데 아랑과 을지은한, 고선우 등을 비롯하여 모두들 입을 모아 우주물질 다섯 개를 고방아에게 주라고 권했다.

다물수호대는 모두 뛰어난 능력들을 지니고 있지만 고방아는 평범한 사람이기 때문에 우주물질이 그녀에게 필요할 것이라고 생각한 것이다.

그러나 고방아는 두 손을 저으면서 완강하게 반대했다.

"아냐! 나는 필요없어! 다물수호대 서열에 따라서 랑이하고 정토 오빠, 그리고 옥군 등에게 나눠 줘."

고방아는 만약 연달아가 우주물질 다섯 개를 자기에게 주면 그를 죽여 버릴 듯한 기세였다.

연달아는 빙그레 미소 지었다.

"오늘은 술이나 한잔하자."

모두들 우르르 일어나서 입구로 향했다.

그러나 발딱 일어난 고방아는 막 일어서려는 연달아의 가슴을 떠밀어서 도로 주저앉히며 상큼 눈을 치떴다.

"벌써 나한테 준 거지?"

그녀는 연달아가 일을 뜨뜻미지근하게 처리하지도 않고 술이나 마실 성격이 아니라는 것을 잘 알고 있다. 그녀는 연달아가 자기에게 우주물질 다섯 개를 주입하는 것을 전혀 느끼지 못했다.

조금 전에 우주물질 하나를 받을 때도 그랬다. 그렇기 때문에 자기도 모르는 사이에 주입했을 것이라고 지레짐작하는 것이다.

"그래."

"정말……."

연달아가 빙그레 미소 지으며 고개를 끄덕이자 고방아는 그 앞에 서서 팔짱을 끼며 샐쭉하게 흘겨보았다.

동료들이 다 나가고 둘만 남은 상황이 되자 연달아는 고방아를 슬쩍 잡아당겨서 자신의 무릎에 앉혔다.

고방아는 깜짝 놀랐으나 일어나지 않고 그의 가슴에 등을 기댄 채 가만히 있었다.

이런 상황은 그녀가 연달아의 여자가 되기 전에는 꿈도 꾸지 못할 일이다.

"방아."

"응?"

등 뒤에서 연달아가 고즈넉한 목소리로 부르자 그녀는 코 먹은 소리로 대답했다.

이제는 자신의 코 먹은 목소리가 그다지 어색하지 않았다. 하지만 조금쯤은 쑥스러웠다.

"네가 강해야지만 나를 비롯한 다른 사람들이 고생을 덜 하게 될 거라고 생각하지 않아?"

"그렇긴 하지만……."

고방아는 말끝을 흐렸다. 그녀는 연달아의 말뜻을 충분히 알아들었다.

장차 건설될 고구려 대제국의 여황이 될 몸인 그녀가 연약하면 연약할수록 위험한 상황에 더욱 많이 직면하게 될 테고, 그리되면 연달아와 다물수호대, 그리고 다물의 많은 사람들이 생고생을 하게 될 것이다.

하지만 그녀가 우주물질 다섯 개를 지니고 있으면 적으로 런너를 만나지 않는 한 쉽사리 위험한 상황에 빠지지는 않을 것이다. 그것은 곧 연달아와 모두의 걱정을 크게 덜어주는 일이기도 하다.

"모두의 바람이 뭐라고 생각하지?"

"내가 무사히 고구려 제국의 여황에 오르는 것."

"그리고?"

"또 있어?"

그녀는 의아한 표정을 지으면서 고개를 비틀어 연달아를 돌아보며 물었다.

애교 섞인 코 먹은 소리를 떠나서 이제는 응석받이처럼 말하고 있는 그녀다.

"뭔데?"

연달아는 두 팔로 그녀의 가느다란 허리를 안고 부드럽게 아랫배를 쓰다듬었다.

"방아가 맞춰봐."

"모르겠어. 말해줘… 읍!"

그녀는 말을 끝맺지 못했다. 연달아의 입술이 그녀의 입술을 덮어버렸기 때문이다.

그녀는 깜짝 놀라서 눈을 동그랗게 떴다가 사르르 감고 연달아에게 모든 것을 맡겼다.

연달아는 그녀의 입술을 부드럽게 빨다가 혀를 잡아당겨 빨기 시작했다.

그러면서 그녀의 배를 쓰다듬던 손이 바지춤으로 스르르 미끄러져 들어갔다.

순간 그녀는 움찔하며 몸이 딱딱하게 굳어졌다. 그리고는 연달아와의 첫날밤 그 격정적이었던 행위가 생생하게 되살아나서 얼굴이 확 붉어졌다.

그녀는 연달아가 혀를 빼는 것과 그의 능숙한 손놀림에 온몸의 힘이 쭉 빠져서 축 늘어졌다.

'아직도 모르겠어?'

연달아의 텔레파시가 그녀의 머릿속을 울렸다. 그는 자신의 이런 행동이 힌트인 것처럼 물었다. 그제야 그녀는 번쩍 어떤 생각이 났다.

[아… 우리 두 사람이 부부가 되는 것?]

'맞았다.'

대답을 하고 나서 연달아의 입맞춤과 손길이 더욱 거세졌고, 고방아는 순식간에 무너져 버렸다.

다물수호대와 한상희, 서양순이 술자리에서 30분 정도 기다린 후에야 연달아와 고방아가 나타났다.

"그러니까 중국을 공격하는 시기를 재조정하자는 거야?"

방으로 나란히 들어서다가 고방아가 뜬금없이 연달아에게 물었다.

마치 두 사람이 중국을 공격하는 것에 대해서 지금까지 줄곧 대화를 나누고 있었던 것 같은 행동이다.

그래서 그녀는 그것 때문에 30분이나 늦었다고 강조하고 싶은 것이다.

하지만 사실 두 사람은 아까 그 방 소파에서 뜨겁게 한차례 사랑을 나누고 오는 길이다.

연달아는 그녀의 의도를 눈치채고 고개를 끄덕였다.

"그래. 그것에 대해서 나중에 진지하게 상의해 보자."

"알았어."

그때 아랑이 고방아의 하체를 가리켰다.

"언니, 지퍼 열렸어."

모두의 시선이 고방아의 바지 지퍼로 향했고, 그녀는 놀라서 급히 지퍼를 잠근 후에 아랑의 머리에 꿀밤을 갈겼다.

*   *   *

사건은 전혀 뜻하지 않은 곳에서 예상하지 못했던 자들에 의해서 터졌다.

1월 25일 새벽 3시 24분.

경북경찰청 울릉경비대 예하 독도경비대 동도에 설치된 레이더가 동남쪽 20여 km 해상에서 독도로 접근하고 있는 한 척의 미확인 선박 한 척을 포착했다.

통신으로 확인한 결과 선박은 일본 돗토리항에 적을 두고 있는 180톤 급 트롤어선이었다.

기관 고장을 일으켜서 표류하는 중이며, 일본해안경비대에 연락을 취했기 때문에 늦어도 열 시간 후에는 구난함이 어선을 예인해 갈 것이라고 했다.

어선은 구난함이 도착할 때까지 독도 선착장에 접안하여 기관 고장을 수리하는 한편 지쳐 있는 선원들이 휴식을 취할 수 있도록 해달라고 요청했다.

원래대로 하자면 피난요청을 하는 어선은 무조건 받아들이고 필요한 물자와 도움을 제공해야 하는 것이 국제해양협약으로 정해져 있다.

그러나 독도는 극히 민감한 지역이고 또 한일 간의 영토분쟁이 지속되고 있는 섬이다.

물론 명명백백한 대한민국의 영토를 일본이 자기네 섬이라고 억지주장을 부리는 말도 되지 않는 영토분쟁의 현장이다. 즉, 대한민국은 영토분쟁이라고 여기지도 않는다는 것이다.

어쨌든 독도는 한일 간에 민감한 지역이기 때문에 독도경비대장 독단으로 일본 어선의 독도 선착장 접안을 허가하는 것은 다소 무리가 따른다.

하지만 지금은 새벽 3시가 훨씬 넘었다. 직속상관인 울릉경찰서장은 깊은 잠에 빠져 있을 텐데 연락을 해서 허락을 받기에는 너무 늦은 시각이다.

매뉴얼대로 하자면 아무리 늦은 시간이고 어떠한 경우라도 울릉경찰서장, 즉 울릉경비대장에게 연락을 취해 허락을 받아야만 한다.

그대로 놔두면 기관 고장을 일으킨 일본 어선이 조류를 따라서 표류하며 점점 더 북쪽으로 흘러갈 것이다.

대한민국 최동단에 위치한 독도경비대가 처리하지 않으면 일본 어선이 대한민국 영해 안으로 깊숙이 들어갈 것이라는 얘기다.

독도경비대장 서일호 경감은 즉시 울릉경비대에 연락을 취했고 그로부터 15분 후에 울릉경비대장으로부터 일본 어선의 선착장 접안 허가 명령이 떨어졌다.

일본 어선이 표류하다가 대한민국 영해로 들어오는 경우는 좀처럼 드문 일이다.

더군다나 독도까지 흘러와서 접안을 요청한 경우는 일찍이 한 번도 없었다.

하지만 국제해양통례상 표류하고 있는 선박은 당연히 무조건 받아들여야 한다.

서일호 경감은 독도경비대가 취할 수 있는 조치는 다 취했다. 우선 일본 어선에 탑승하고 있는 선원들의 행동반경을 선착장으로 제한했다.

또한 현재 상황을 포항 해경과 공군에 각각 보고하여 예의 사태를 주시하도록 했다.

그리고 전경 1개 분대로 하여금 그들을 감시하는 한편 필요한 물품을 지원하도록 했다.

그렇지만 독도에는 고장 난 선박을 수리할 수 있는 시설을 갖추고 있지 않아서 일본 해경의 순시선이나 구난함이 올 때까지 기다릴 수밖에 없는 형편이다.

서일호 경감과 경비대 병력은 일본 어선 후지마루(富丸)호에 탑승하여 자세히 검문했다.

그 결과 후지마루호는 평범한 트롤어선이며 선장과 기관장을 비롯하여 선원 35명 모두 어업을 생업으로 삼고 있는 어부들이 분명했다.

또한 후지마루호는 엔진이 고장을 일으킨 것이 확실했으며, 선박 내에는 독도에 해를 끼칠 어떠한 유해물질이나 무기 같은 것이 실려 있지 않았다.

그러나 한 가지 문제가 있었다. 기관 고장을 일으켜서 다섯 시간 넘도록 표류한 후지마루호는 난방이 전혀 되지 않아서 선원들이 극심한 추위 때문에 동사하기 직전의 상태에 빠져 있었던 것이다.

이대로 방치한다면 오래지 않아서 동상에 걸리고 심하면 동사자가 속출할 것이 분명했다.

1월의 독도는 하루 종일 영하 10도 이하로 떨어지는 냉혹한 날씨다. 더구나 지금 같은 새벽녘에는 체감 온도가 영하

20도에 육박한다.

경계근무를 하는 전경들도 한 시간쯤 밖에 서 있다 보면 동태가 되기 일쑤다.

독도 선착장이라고 해봐야 배를 접안하는 시설 외에는 아무것도 없는 허허벌판 콘크리트 구조물이다.

후지마루호는 선착장에 접안한 채 거센 파도에 흔들리면서 선원들은 냉골이나 다름없는 선실 안에서 꼼짝도 할 수가 없었다.

선실 안이 칼바람 몰아치는 바깥보다는 조금이나마 더 낫기 때문이다.

후지마루호의 선장은 서일호 경감에게 독도 선착장 접안을 허락해 준 것에 대해서 심심한 감사를 표했으며, 이어서 추위를 피할 수 있도록 조치를 취해줄 수 있겠느냐고 조심스럽게 물어보았다.

그러나 서일호 경감이 난색을 표하자 선장은 더 이상 보채지 않고 독도 접안에 대해서 재삼 감사를 표했다.

서일호 경감은 후지마루호 선실을 직접 둘러봤기 때문에 선원들이 어떤 상황에 처해 있는지 잘 알고 있다.

하지만 독도경비대가 주둔하고 있는 독도의 동도 정상부에 위치한 건물들은 경비대 전용숙소이며 철저한 보안을 기해야 하는 첨단 통신장비 등이 설치된 민간인 출입금지 지역이다.

서일호 경감은 자신이 취할 수 있는 조치는 다했으나 쉽사리 후지마루호를 떠나지 못했다.

냉동실이나 다름없는 선박 내에서 지금 당장 얼어 죽는 선원이 나온다고 해도 하나도 이상할 것이 없는 엄혹한 상황이기 때문에, 그것을 자신의 눈으로 보고 있으면서 쉽사리 발길이 떨어지지 않는 것이다.

더구나 선장 이하 선원들은 예절 바르고 참을성 있는 일본인답게 후지마루호의 독도 선착장 접안을 허가해 준 것에 대해서 감사할 뿐 추위에 떨고 있는 선원들로 인해서 더 이상 서일호 경감을 곤란하게 만들지 않았다.

그리고 마침내 그들의 그런 공손한 행동이 서일호 경감의 마음을 움직였다.

세상에 지어진 모든 시설물은 궁극적으로 인간의 평화와 안녕을 위해서 존재하는 것들이다.

동도 정상에 있는 시설물도 예외가 아니다. 추위에 떨고 있는 이들을 몇 시간 동안만 따뜻한 경비대 숙소 안에서 쉬게 하는 것은 인도적인 것도 뭣도 아니다.

그것은 단지 인간의 가장 기본적인 본연의 의무일 뿐이다, 라고 그는 생각했다.

서일호 경감은 독도경비대 숙소건물 일층 세 개 방을 후지마루호 선원들을 위해서 비워주었다.

　그리고 만일을 대비하여 선원들이 묵는 방 앞과 숙소 출입구에 전경 일개 분대를 배치하고 나서야 이층 자신의 방으로 올라갔다.

　새벽 4시 7분.

　딸깍.

　후지마루호 선원들이 묵고 있는 세 개의 방 중에서 출입구쪽으로 첫 번째 방문이 열리고 까칠한 수염을 기른 인상이 좋게 보이는 40세 정도의 선원 한 명이 나왔다.

　그는 목에 수건을 두르고 있었으며 방문 앞을 지키고 있는 두 명의 전경에게 푸근한 미소를 지어 보이며 화장실 쪽을 가리키면서 고개를 굽실거렸다.

　목에 수건을 두르고 있는 것으로 미루어 세수를 하거나 씻으려는 것 같았다. 화장실에는 세면대와 욕실이 있다.

　전경이 고개를 끄덕이자 선원은 왼발을 약간 절면서 화장실을 향해 복도를 걸어갔다.

　복도에는 천장에 세 개 건너 하나씩 드문드문 켜져 있는 형광등 불빛으로 어둡지 않았으나 그리 밝지도 않았다.

　선원이 절룩거리면서 걸어가는 불규칙한 발걸음 소리가 복도에 자늑자늑하게 울려 퍼졌다.

일층에는 복도 양쪽으로 네 개씩의 방이 있고 그 끝에 식당과 다용도실, 화장실 겸 욕실이 있다.

그리고 이층은 행정실과 경비대장실, 회의실, 상황실 등으로 이루어져 있다.

독도경비대는 일개소대병력 36명이 근무하고 있으며, 그중 전경들이 대다수를 차지한다.

일층 좌측 첫 번째에서 세 번째까지 방을 일본 선원들에게 비워주었기 때문에 그 방을 사용하던 전경들은 다른 동료들의 방으로 잠시 옮겨간 상태다.

선원들이 묵는 세 개의 방문 앞에는 전경이 두 명씩 총 여섯 명이 지키고 있으며, 출입구 밖에 네 명 도합 일개 분대가 경비를 서고 있는 상황이다.

그런데 절름발이선원은 세 번째 방문 앞을 지나다가 갑자기 발이 겹질렸는지 풀썩 주저앉았다.

"으……."

쿵!

"괜찮습니까?"

세 번째 방문 앞을 지키고 있던 전경 두 명이 급히 절름발이선원에게 다가갔다.

그러나 절름발이선원이 넘어지면서 무릎으로 바닥을 둔탁하게 찧는 쿵! 하는 소리가 공격신호라는 사실을 전경들이 알리가 없다.

벌컥! 확!

첫 번째와 두 번째, 그리고 세 번째 방문이 갑자기 열리면서 일본 선원 여섯 명이 빠르게 밖으로 튀어나왔다.

전경들이 놀라서 쳐다보는 순간 일본 선원들의 손에 쥐어져 있는 소음권총이 불을 뿜었다.

투투투툭!

"컥!"

"흐윽!"

총알은 정확하게 전경들의 미간 한복판에 꽂혔다. 선원들이라고는 믿어지지 않는 놀라운 사격 실력이다.

총알이 미간에 적중될 경우에는 비명을 크게 지르지도 못하고 즉사한다.

일본 선원들이 튀어나오는 것과 동시에 절름발이선원은 벌떡 일어나면서 자신을 부축하려고 다가온 두 명의 전경에게 재빨리 목에 걸고 있던 수건을 휘둘렀다.

파곽!

수건이 뻗어나가 끝자락이 1미터까지 접근한 두 명의 전경 머리에 짧고 가볍게 맞았다.

단지 그것뿐이지만 두 명의 전경은 해머에 강하게 적중당한 것처럼 머리가 으깨지면서 비명도 지르지 못한 채 그 자리에서 즉사했다.

수건 끝에 맞으면 조금 얼얼하기는 해도 죽지는 않는다. 그로 미루어 절름발이선원은 초능력을 지니고 있는 것이 분명했다.

그 순간 세 개의 방에서 일본 선원들이 전부 쏟아져 나와 일부는 맞은편 전경들이 자고 있는 방으로 들이닥쳤고, 일부는 복도 끝 출입구로 달려갔으며, 또 다른 일부는 이층으로 뛰어 올라갔다.

그들의 손에는 하나같이 소음권총이 쥐어져 있었다. 선원들의 몸을 일일이 수색하지 않았기 때문에 두툼한 겨울용 파커 속에 무기를 충분히 감추었을 것이다.

또한 일본 선원들의 그런 민첩한 행동은 냉동실 같은 어선 안에서 장시간 추위에 떨고 있던 초라한 선원들의 모습이 절대 아니었다. 고도로 훈련된 특공대원들을 연상하게 하는 행동이었다.

투투투툭!

퍼퍼퍼퍼퍽!

전경들이 자고 있는 방에서 막대기로 방석을 두드리는 듯한 소리와 답답한 신음 소리가 잠시 동안 터져 나왔다.

일본 선원들이 아무것도 모른 채 깊이 잠들어 있는 전경들을 무자비하게 살해하는 소리다.

소요는 길지 않았다. 불과 5분 만에 일본 선원들은 독도경비대 병력 36명을 모두 살해하고 독도 동도의 모든 시설물들을 완벽하게 장악했다.

한겨울 밤바다에서 떨면서 표류하고 있는 일본 어선에게 도움의 손길을 뻗고 자비를 베풀어준 대가는 참혹한 죽음으로 돌아왔다.

독도경비대 건물 이층 상황실에 몇 명이 모여 있다.

이번 학살사건의 첫 포문을 연 절름발이선원을 비롯하여 일본 트롤어선의 선장, 그리고 세 명의 사내들이다.

사내들은 상황실 스크린 앞에 모여 서 있으나 스크린을 보고 있지는 않았다.

"상황은?"

절름발이선원이 허리를 꼿꼿하게 편 자세로 일본어로 짧게 물었다.

"다케시마(竹島:독도의 일본이름) 동도를 완전히 수중에 넣었으며 통신장비와 레이더를 장악했습니다."

절름발이선원은 천천히 걸어서 창문 쪽으로 다가갔다. 그런데 그는 왼발을 조금도 절지 않았다.

그는 아직 짙은 어둠이 깔려 있는 창밖을 물끄러미 내다보다가 나직하게 입을 열었다.

"사토오(佐藤)."

척!

"핫!"

두툼한 파커 차림의 선장이 부동자세를 취했다.

"지금부터 네가 다케시마 경비대장으로 위장하라."

"핫!"

사토오. 일본육상자위대 일등육위(一等陸尉:대위)는 절름발이선원에게 경례를 붙였다.

절름발이선원, 아니, 더 이상 절름발이가 아닌 마에다(前田) 일본육상자위대 이등육좌(二等陸佐:중령)는 느릿한 동작으로 창밖에서 시선을 거두며 천천히 돌아서더니 냉엄한 표정으로 명령했다.

"원래 계획대로 실행한다."

그의 말에 그 자리에 있는 모든 사람이 부동자세를 취하며 경례를 했다.

독도 동도를 점령한 자들의 정체는 일본육상자위대 예하 서부방면대 소속 제3특수전중대 제1레인저소대였다.

일본자위대는 특수부대를 보유할 수 없지만 서부방면대의 특수전부대는 비밀리에 창설된 부대다. 평상시에는 보통과 연대(普通科聯隊)로 불린다.

육상자위대 특수전중대는 모두 준사관(准士官)과 장교로 이루어져 있다.

소대장이 이등육좌이며 부소대장은 일등육위, 분대장은 이등육위(二等陸尉:중위), 전 소대원은 일등육조(一等陸曹:상사)와 이등육조(二等陸曹:중사)로 구성되어 있다.

일본은 제2차 세계대전의 패전국이기 때문에 원칙적으로 군대를 보유할 수가 없다.

다만 외부의 침공으로부터 나라를 지키기 위한 방어 차원에서 어느 선까지의 자위군이 필요했기 때문에 창설된 것이 바로 자위대다.

그러나 실상 일본의 자위대는 세계 어느 나라 군대보다도 막강하다고 정평이 나 있다.

웬만한 나라들은 너무 비싸서 보유할 엄두도 내지 못하고 있는 최신예 전투기와 전폭기, 조기경보기 등을 수백 대씩이나 지니고 있다.

또한 일본에서 자체 제작한 여러 척의 이지스함과 수십 척의 구축함, 호위함, 잠수함들, 그리고 세계 최고 수준의 탱크와 미사일 체계, 정보, 통신, 첩보 등 지금 당장 전쟁이 벌어진다고 해도 어느 나라에게도 뒤지지 않는 강력한 군대를 보유하고 있다.

일본은 일 년 국방비로 510억 달러를 지출하여 그 부분에서 세계 3위다. GDP대비 1%다.

반면에 한국은 일 년 국방비 265억 달러로 세계 13위며
GDP대비 2.9%이다.

또한 일본자위대 병력은 총 29만여 명 수준인데, 특이한 점
은 사병은 거의 없고 대부분 준사관 이상 장교만으로 구성되
었다는 사실이다.

어느 나라든지 국방의 핵심은 장교와 하사관들이다. 완벽
하게 교육받은 장교와 하사관만 있으면 일반사병은 아무 때
나 모집하여 교육, 훈련시키면 된다. 사병을 교육시키는 데는
길어야 6주면 충분하다.

제3특수전중대 제1레인저소대 소대장 마에다 이등육좌는
동도 숙소 밖 국기게양대 앞에 섰다.

밤이라서 국기게양대에는 태극기가 걸려 있지 않았다. 평
소라면 오늘 아침에 전경들이 의식을 갖춰서 태극기를 게양
하게 될 것이다.

하지만 일본육상자위대에게 점령당한 이곳에서는 그런 일
이 일어나지 않을 것이다.

아니, 앞으로 영원히. 이곳에는 태극기가 게양되지 않을 것
이라고 마에다 이등육좌는 확신하고 있다.

왜냐하면 이곳은 오늘부로 제1레인저소대에 의해서 일본

령 다케시마로 귀속되었기 때문이다.

뚜루루.

마에다 이등육좌는 품속에서 휴대폰을 꺼내 어디론가 전화를 걸었다.

개인 통신위성을 사용하기 때문에 도청과 추적이 불가능한 휴대전화다.

상대는 전화를 받은 채 아무 말도 하지 않았다. 하지만 마에다가 공손히 말했다.

"폐하, 다케시마 작전 1단계가 성공했습니다."

"알았다."

상대는 짧게 대꾸하고 일방적으로 전화를 끊었다. 그런데도 마에다는 휴대폰을 높이 들고 거기에 대고 공손히 허리를 굽혀 예를 취한 다음에 조심스럽게 휴대폰을 끊었다.

방금 그가 통화를 한 '폐하' 라는 인물은 그의 친아버지다. 그런데도 깍듯하게 '폐하' 라고 칭한다.

만약 친아버지가 마에다의 앞에 있다면 이보다 더할 것이다. 그는 감히 친아버지의 얼굴을 똑바로 쳐다보지도 못하고 바닥에 납작하게 부복하고 있어야 한다.

사실 마에다는 일본인이 아니다. 그는 뼛속까지 중국인이다. 그런데도 신분을 속이고 육상자위대에 들어가서 승승장구 이등육좌의 높은 지위에 올랐다.

바로 오늘 이 작전을 위해 육상자위대 내에서 발판을 마련하고 있었던 것이다.

그의 부친인 '폐하'는 원대한 야망을 품고 있으며 그것을 위해서 수백 개의 계획을 추진 중인데, 마에다는 그중 하나를 담당하고 있는 것이다.

'폐하'는 다름 아닌 당태종 이세민, 즉 묵인자다. 그리고 마에다는 그의 아홉 번째 아들 진왕(晉王) 이치(李治)다. 당나라 때 이치는 아버지의 뒤를 이어서 당고종이 됐었다.

신라의 김유신을 받아들여서 나당연합군을 결성, 고구려와 백제를 멸망시켰던 바로 그 당고종 이치가 이자다.

묵인자에게는 무려 36명의 자식들이 있으며 그들이 모두 가디언들이다. 물론 각 가디언들은 네 명의 수행자를 거느리고 있다.

일본육상자위대 제1레인저소대는 독도 선착장에 정박 중인 후지마루호로 날다람쥐처럼 몰려 내려가서 여러 가지 물건을 숙소 쪽으로 갖고 올라왔다.

후지마루호는 오로지 독도 점령만을 위해서 특별하게 개조된 선박이다.

갑판은 삼중으로 겹겹이 이루어진 삼중 갑판이며 선창에는 비밀스러운 칸이 열 개가 넘었다. 갑판 사이의 격벽과 비밀의 방에는 수백 종류의 무기와 도구, 기계류 따위가 은밀하게 감추어져 있었다. 그 물건들을 독도로 운반하기 위해서 후지마루호를 개조했던 것이다.

그렇게 완벽하게 개조했기 때문에 독도경비대가 이상한 물건들을 하나도 찾아내지 못한 것도 무리가 아니다.

제1레인저소대원들은 그것들을 동도 숙소로 갖고 올라가서 일사불란하게 조립하여 설치했다.

다른 한편에서는 소음기가 부착된 자동소총으로 무장한 세 명의 소대원이 저소음 고무보트를 타고 어둠을 뚫고 독도의 또 다른 섬인 서도로 다가갔다.

독도는 무진장한 해산물의 보고이기 때문에 어민들이 서도에 거주하면서 해산물을 채취하고 있다.

경상북도 울릉군 울릉읍 독도리 1—96이 독도의 주소이며, 이장을 비롯하여 5가구 여섯 명의 민간인이 해산물을 채취하며 실제 거주하고 있는 것이다.

서도의 주민 거주지는 동도의 선착장과 마주 보고 있다. 서도 선착장 옆에 대여섯 채의 집과 창고 등 건물들이 다닥다닥 붙어 있는 광경이다.

투르르.

고무보트가 작은 모터 소리를 내며 서도 선착장 콘크리트로 지은 창고 옆에 닿았다.

그런데도 깊은 잠에 빠져 있는 서도의 주민들은 아무도 깨지 않았다.

세 명의 소대원이 고무보트에서 내려 주민들이 거주하고 있는 집들을 향해 나는 듯이 달려갔다.

주민들이 거주하는 집의 문은 잠겨 있지 않았다. 이곳에서는 잠글 이유가 없다. 독도에 도둑이나 강도가 있을 리 없기 때문이다. 그러나 꿈에도 예상하지 못했던 육상자위대원들이 있었다.

그때부터 세 명의 소대원은 각 집마다 돌아다니면서 깊이 잠들어 있는 주민들을 가차없이 쏴 죽였다.

그날 서도에서 사살된 주민의 수는 평소보다 훨씬 많은 열 명이었다.

울릉도에 사는 이장의 아들 내외가 중학생 남매를 데리고 왔다가 운 나쁘게 죽음을 당했다.

이후 동도와 서도에서 살해된 독도경비대와 주민들의 시신은 동도 쓰레기 소각장으로 옮겨져서 모두 깨끗이 태워져 재로 변했다.

제70장

다물 중국팀

R U N N E R
런너

1월 27일 아침에 김정남과 용걸태가 백화원 초대소로 연달아를 만나러 왔다.

김정남이 소파 맞은편에 앉아 있는 연달아를 바라보면서 옷매무새를 바로 하고 자세를 꼿꼿하게 했다.

그로 미루어 이제 그가 할 말이 매우 중요하다는 사실을 짐작할 수 있다.

이윽고 김정남은 자랑스럽고도 의기양양한 표정을 지으며 말문을 열었다.

"드디어 북조선을 완전히 장악했습니다. 특히 군부는 아버지 때보다 더 확고부동하게 수중에 넣었습니다. 군부는 목숨을 바쳐서 충성을 맹세하고 있습니다."

연달아와 고방아 등의 얼굴에 흡족한 미소가 떠올랐다.

"수고했네."

"저야 뭐… 시키는 대로만 했을 뿐입니다."

연달아의 치하에 김정남은 쑥스러운 표정을 짓고서 두 손을 뻗어 공손히 연달아를 가리켰다.

"만약 북남이 통일되고 중국의 동북3성까지 점령하여 대고구려 제국 건설이 성공한다면 그 모든 것은 연달아님의 공입니다."

"역사는 자네의 공을 크게 기록할 거야."

"별말씀을."

'역사'라는 말에 김정남은 쑥스러우면서도 기분이 날아갈 듯했다.

용걸태가 덧붙였다.

"군부의 각 군단장과 사단장들은 한 명도 빠짐없이 우리 쪽 사람으로 교체 완료했습니다. 또한 장교와 부사관들에게 매일 남북통일과 고구려 제국 건설의 정당성과 당위성에 대해서 집중적으로 교육시키고 있습니다. 교육 효과는 매우 좋은 편입니다."

우두머리가 명령한다고 해서 이유도 모른 채 우! 몰려 나가 전쟁을 하는 것은 위험하기 짝이 없는 일이다.

군대의 최말단 사병까지도 도대체 왜 이 전쟁을 해야 하며, 목숨을 바쳐서 치른 전쟁에서 이겼을 때 자신들에게, 그리고 국가에 어떤 이득이 돌아오는지를 알고 또 공감을 해야만 신명나게 싸울 수 있는 것이다. 그래서 집중 교육이 필요한 것이다.

다물과 대한민국, 미국과 유럽 등지에서 보내온 구호물자가 북한에 속속 도착하여 중간에 빼돌려지는 것 하나 없이 모두 군대와 주민들에게 골고루 배급을 하고 있는 상황이기 때문에 북한 전체의 사기는 그 어느 때보다도 높다.

조선민주주의인민공화국 이래 주민들이 이처럼 풍족했던 시기가 한 번도 없었으며, 또한 정권에 대한 호응도가 이렇게 높았던 적도 없었다.

그런 시기에 고구려 제국 건설의 당위성에 대해서 집중 교육을 실시하니까 당연히 성과가 좋을 수밖에 없다.

"자네 공이 크다."

연달아가 김정남을 쳐다보며 조용히 말하자 그는 펄쩍 뛰듯이 놀랐다.

"무슨 말씀을!"

"아니다. 자네가 북한 최고지도자에 오른 후에 그 자리를 지키려고 고집을 부렸다면 우리로서도 골치가 아팠을 게야.

그래 주지 않아서 정말 다행이다."

만약 김정남이 딴 마음을 먹었다면 그를 제거하고 또 다른 편법을 썼을 것이다.

그러므로 김정남의 배신으로 계획에 큰 차질은 없지만 꽤나 성가시게 됐을 것이다. 어쨌든 그가 큰 몫을 해준 것만은 움직일 수 없는 사실이다.

김정남은 진지한 표정을 지었다.

"그렇게 말씀하시니까 몸 둘 바를 모르겠습니다. 하지만 저는 대한민국이 더 발전할 수 있고 또 세계의 열강이 될 수 있는데도 불구하고 북조선 때문에… 북조선에 발목이 잡혀서 그렇게 되지 못했다는 죄책감이 정말 컸습니다."

그는 진심을 토로하고 있다.

"만약 할아버지께서 소련군을 등에 업고 북조선에 들어와 조선민주주의인민공화국이라는 공산국가를 세우지 않았더라면, 그래서 진작 남북한이 단일국가가 됐더라면 지금쯤 대한민국은 일본보다 더 앞서는 강국이 됐을 것이라는 생각을 떨쳐 버리기 어렵습니다."

그의 진심은 참회, 즉 할아버지와 아버지인 김일성과 김정일의 죄에 대한 참회로 이어졌다.

"잘못되었던 일을 지금이라도 바로잡을 수 있어서 정말 다행입니다. 저는 그것으로 만족합니다. 지구상에서 권력을

3대가 세습하는 말도 안 되는 국가가 영원히 사라진다는 사실과 북남이 통일되어 세계의 열강이 된다는 상상만으로도 앞으로는 정말 마음 편하게 다리를 쭉 뻗고 잘 수 있을 것 같습니다."

김정일의 아들들은 모두 서방의 열린 교육을 받았으나 김정남만이 제대로 배운 것 같았다.

그날 늦은 오후, 백화원 초대소에 있는 연달아에게 용걸태가 다시 찾아왔는데 매우 심각한 표정이다.

"군왕 전하, 조금 전에 보고가 들어왔는데 중국팀이 배신한 것이 틀림없는 것 같습니다."

그는 매우 어렵게 입을 뗐다. 이런 사실을 알려주게 된 것이 자기 죄나 되는 것처럼 전전긍긍했다.

혹시나 우려하고 있던 연달아와 고방아 등은 가슴이 철렁 내려앉았다.

"어떻게 됐느냐?"

"중국팀 손권호 팀장의 보고에 의하면, 우리가 시험 삼아서 새롭게 요구했던 시사군도, 난사군도, 스카보러섬, 센카쿠 열도 등에 대한 중국팀의 작전 결과, 중국의 선제공격이 언제라도 가능하다고 합니다."

그것은 연달아가 중국팀에게 새롭게 주문했던 매우 까다

로운 제안이었다.

그런데 중국팀은 그마저도 불과 며칠 만에 가능하다고 연락을 해온 것이다.

시사군도와 난사군도, 스카보러섬, 센카쿠열도를 중국이 먼저 선제공격을 해서 점령하는 것은 중국 육상에서 러시아나 인도 등의 국경을 도발을 하는 것하고는 비교도 안 될 만큼 엄청난 사건이다.

그 일련의 섬들은 현재 국제적으로 크게 이슈화되어 있기 때문에 화약고나 다름없는 상황이다.

만약 그 섬들에 대한 영유권에 대해서 국제헌법재판소에서 시시비비를 가린다면, 중국의 영토가 될 섬은 단 하나도 없을 가능성이 99% 이상이다.

그것을 중국이 먼저 선제공격해서 점령하면 전 세계의 지탄을 받게 될 것이 자명하다.

뿐만 아니라 일본과 필리핀, 베트남, 대만, 인도네시아, 호주 등 주변국들과 군사적인 충돌이 불가피해진다.

그게 다가 아니다. 세계의 질서를 유지하고 있는 경찰국가 팍스아메리카나를 자처하고 있는 미국이 가만히 있지 않을 것이며, 미국의 영원한 동맹인 영국이나 프랑스 등도 좌시하지 않을 터이다.

말하자면 그 섬들을 선제공격함으로써 중국은 전 세계를

상대로 선전포고를 한 것이나 다름없는 것이다. 중국 지도부가 미치지 않고서는 절대로 행하지 못할 우매하기 짝이 없는 결단인 것이다.

그런데 그것을 중국팀이 작전을 벌여서 가능하게 만들었다고 하니 연달아 등은 아연실색할 수밖에 없다.

"음! 그렇더냐?"

연달아의 신음이 깊었다. 그렇다면 중국팀의 작전은 100%, 아니, 200% 대성공이다.

기대하지 않았던 작전까지 성공시켰으니까 200% 대성공인 것이다.

하지만 그렇기 때문에 중국팀을 의심하는 것이고 배신이라고 단정하는 것이다.

지금까지 중국팀이 이루어낸 놀라운 결과를 보면, 중국팀이 중국 권력의 정점에 있는 총리나 주석을 완벽하게 포섭해야지만 가능한 일이었다.

하지만 중국 총리와 주석을 포섭하다니, 그것은 현실적으로 불가능한 일이다.

아무도 입을 열지 않았다. 연달아와 고방아를 비롯한 다물수호대 모두, 그리고 용걸태도 중국팀이 배신을 했으며 또 함정을 파두었다고 확신하고 있기 때문에 이런 상황에서는 뭐라고 할 말이 없었다.

다물 해외총괄부 중에서도 가장 큰 비중을 차지하고 있으며, 또한 대고구려 제국 건설 계획에서 50% 이상의 의존도를 차지하고 있는 중국팀이 배신을 했다면 이 계획 자체를 전면 중단해야만 한다.

도저히 강행할 수가 없다. 불구덩이인지 뻔히 알면서도 뛰어드는 것은 머리가 빈 무뇌아가 하는 짓이다.

결단을 내려야 할 사람은 연달아뿐이다. 모두들 긴장한 표정으로 그의 얼굴만 주시하고 있었다.

그는 어금니를 악물고 지그시 눈을 감았으며 미간이 찌푸려져 있다.

누가 봐도 깊이 고심을 하는 표정이 역력하다. 고방아와 아랑 등은 그가 이런 표정을 짓는 것을 처음 보았다.

지금까지 그는 어떠한 역경이 닥친다고 해도 시종 여유있는 모습을 유지해서 모두를 안심시켰는데 지금은 그러지 못했다.

그 정도로 지금의 상황이 좋지 않다는, 아니, 최악이라는 뜻이다. 대고구려 건설 계획의 존폐가 걸려 있으니 당연히 그럴 것이다.

모두들 조마조마한 표정으로 그를 주시하고 있는데 손에 땀이 나서 축축했다.

이윽고 연달아가 눈을 뜨며 조용히 중얼거렸다.

"내가 중국에 가보겠다."

그의 말에 모두들 깜짝 놀랐다. 하지만 곧 착잡한 표정으로 그의 뜻을 수긍했다. 지금으로서는 그럴 수밖에 없을 것 같기 때문이다.

그가 중국에 직접 가서 중국팀을 만나보고 수많은 작전들을 하나하나 파헤쳐서 일일이 확인하는 것이 가장 확실한 방법이다.

고방아가 고개를 끄덕이며 약간 갈라진 목소리로 말했다.

"그래. 우리가 가서 중국팀이 벌여놓은 일들을 우리 눈으로 직접 확인해 보는 게 좋겠어."

"아니, 나 혼자 가겠다."

중국은 묵인자의 나라다. 현재 묵인자가 중국 전체를 완벽하게 장악한 상황이라고 봐야 한다.

그런 곳에 고방아나 다물수호대를 데리고 가는 것은 위험한 일이라고 생각했다.

그들이 여러모로 도움은 되겠지만 묵인자의 안마당에서는 위험에 노출될 확률이 더 크다. 그래서 연달아 혼자 가려는 것이다.

연달아의 결정에 모두들 충격을 받고 또 안타까운 표정을 지었다.

그중에서도 고방아의 실망이 제일 큰 것 같았다. 그녀는 연달아의 여자가 된 이후 그에 대해서 새로운 많은 사실들을 발견하고 또 느끼고 있다.

자기가 이렇게 변할 줄은 상상조차 못했는데, 지금의 그녀는 연달아하고 잠시도 떨어져 있고 싶지 않았다. 또한 끊임없이 그의 손길을 원하고, 그의 따스한 미소와 목소리를 느끼고 싶었다.

하지만 그녀는 원래 내유외강의 성격이라서 자신의 그런 속마음을 일체 겉으로 드러내지 않았다.

단지 얕은 물 같은 아랑만이 자신의 감정을 여과 없이 솔직하게 쏟아냈다.

"오빠, 혼자 가려거든 날 죽이고 가."

그녀는 연달아의 허벅지에 그와 마주 보고 올라앉아 찰싹 달라붙으며 억지를 부렸다.

그녀는 결사적이었다. 한 달 넘게 연달아하고 떨어져 있다가 이제 겨우 만났는데 또 이별해야 한다고 생각하니까 당장에라도 숨이 끊어질 것만 같았다. 그럴 바에는 차라리 죽는 게 낫다는 생각마저 들었다.

'죽어도 떨어지지 않을 거야. 아아! 이대로 오빠하고 한 몸이 돼버렸으면 좋겠어.'

그녀는 그의 겨드랑이 밑으로 두 팔을 넣어 힘차게 끌어안으면서 간절하게 소원했다. 그런데 그때 실로 놀라운 일이 벌어졌다.

스우우.

아랑의 모습이 순식간에 감쪽같이 사라져 버리고 그녀가
입고 있던 티셔츠와 청바지만 남아서 연달아의 허벅지에 흘
러내렸다.

"앗!"

"랑이가 사라졌어!"

아랑이 칭얼거리고 있었기 때문에 모두들 그녀를 보는 중
에 사라져 버렸기 때문에 크게 놀라서 소리쳤다.

"어떻게 된 거지?"

연달아의 옆에 앉은 고방아가 놀라며 아랑의 옷을 들고 살
펴보았다.

그런데 청바지 안에 팬티가, 티셔츠 안에는 브래지어가 들
어 있었다.

그렇다면 그녀는 팬티와 브래지어까지 벗어버리고 알몸으
로 증발해 버렸다는 것이다.

얼마 전이었으면 이런 일은 불가능했겠지만, 연달아가 파
런너에게서 뺏은 우주물질 하나를 아랑에게 주었던 것이 이
런 해괴한 일을 가능하게 만들었다. 그 물질은 사물을 투과하
는 것은 물론이고 원하는 상대하고 합체(合體)를 할 수 있는
능력도 지니고 있는 것이다.

모두들 크게 놀라고 당황해서 아랑을 찾느라 법석인데 연달아 혼자만 태연했다. 그는 어떻게 된 일인지 다 알고 있기 때문이다.

고방아는 연달아를 보며 텔레파시로 물었다.

'랑이 어디 있는지 알아?'

그녀는 연달아에게 도합 여섯 개의 우주물질을 받은 이후부터 여러 가지 능력이 생겼는데 그중에서도 텔레파시는 가장 기초적인 것이다.

'내 속으로 들어왔다.'

연달아는 자기 가슴을 내려다보았다. 그 속에 아랑이 있다는 뜻이다.

고방아는 눈을 동그랗게 떴다.

'걔가 어떻게 거길 들어갔어?'

아랑이 다물수호대의 알파이긴 하지만 사람 몸속에 그것도 연달아 몸속으로 스며들었다는 사실이 놀라울 뿐이다.

'내쫓아.'

고방아가 말했지만 연달아는 빙그레 미소 지을 뿐 아무 말도 하지 않았고 아랑을 내쫓지도 않았다.

물론 그가 마음만 먹으면 아랑을 몸 밖으로 내쫓는 것은 아무것도 아니다.

하지만 그렇게 하지 못하는 데에는 그만한 이유가 있다. 아랑이 그의 몸속에서 제발 내쫓지 말라고 애걸복걸하고 있기 때문이다.

그래서 결국 연달아는 아랑을 데리고 가야겠다고 생각했다. 다물수호대를 데려가지 않으려는 이유가 위험해서인데, 아랑이 지금처럼 그의 몸속에 들어가 있으면 안전하기 때문에 이렇게 죽자 사자 매달리는 아이를 구태여 떼어놓을 필요가 없다.

고선우와 연연화는 파런너에게서 뜻하지 않은 많은 정보들을 알아냈다.

파런너는 연달아에게 정신이 제압된 상태이기 때문에 고선우와 연연화가 묻는 대로 술술 다 털어놓았다.

파런너가 묵인자에 대해서 실토한 내용을 대강 훑어보고 연달아는 너무 놀라서 한동안 할 말을 잃고 말다. 상상했던 것 이상의 너무도 엄청난 내용이라서 그는 자리를 잡고 제대로 샅샅이 검토해야만 했다.

묵인자는 이미 중국을 완전히 수중에 넣은 상태였다. 그것은 연달아로서 이미 예상하고 있었기 때문에 놀랍지는 않았으나 현실로 드러나자 마음이 무거워졌다.

하지만 묵인자의 원대한 야망과 그의 계획을 보면 그것은 그다지 놀라운 일이 못 된다.

묵인자의 목표이자 야망은 어이없게도 전 세계를 정복하는 것이다.

즉, 자신이 전 세계의 진정한 황제가 되고 중국이 전 세계를 지배하겠다는 것이다.

그는 런너인 동시에 연속환생자다. 그래서 삼생(三生)에 걸쳐서 세계정복을 은밀하게 준비해 왔다고 한다. 즉, 이번 생과 전생, 전전생 삼생 동안 살면서 세계정복을 차근차근 준비한 것이다.

그의 준비는 이제 거의 완성 단계에 이르렀다. 하지만 그의 세계정복은 전쟁을 일으켜서 각 나라들을 짓밟고 정복하는 것이 아니다.

예를 들면 미국 같은 경우는 대규모 테러를 전국적으로 일으켜서 공황상태로 만든 다음에 대통령이 해임되고 과도정부가 들어서서 계엄령을 선포하여 미국 전역을 군대가 장악한다는 시나리오다.

그러기 위한 수백 건의 테러 계획이 완벽하게 준비되어 있으며, 상원과 하원의 막강한 의원들과 장관들, 국방부와 CIA, FBA, 등 여러 국가권력기관의 실력자들을 이미 포섭해 놓은 상태다.

그들은 몇 년이 아니라 몇 대(代)에 걸쳐서 포섭되었기 때문에 겉은 미국인이지만 속은 완벽하게 중국화되어 묵인자의 하수인이 된 상황이다.

그러므로 묵인자의 한마디 명령이 떨어지기만 하면 그의 미국 내 하수인 수천 명이 일사불란하게 행동하여 미국 전역을 장악하는 것이다.

그런 식으로 묵인자는 전 세계 주요국가, 즉 OECD(경제협력개발기구)에 가입된 선진국 20개국을 타깃으로 정해서 만반의 준비를 갖추어놓았다.

일단 선진 20개국만 무너뜨리고 나면 나머지는 자연히 붕괴할 것이라는 계획이다.

다물이 남북통일을 이루어 고구려 제국을 건설한다는 계획은 묵인자에 비하면 어린아이 장난 같은 수준이라고 할 수 있을 정도다.

다물은 원래 하나의 나라였던 남한과 북한을 통일하고, 또 고구려의 옛 영토를 되찾겠다는 순수한 목적인데 반해서, 묵인자는 전 세계 지구 전체를 통째로 삼키겠다는 어이없는 야욕을 품고 있었던 것이다.

그런데 그것을 단지 '어이없는 야욕'이라고는 도저히 웃어넘길 수가 없는 상황이 돼버렸다.

묵인자가 삼생에 걸쳐서 이루어놓은 은밀한 음모를 알고 나면 소름이 끼치는 일이다.

언제라도 그의 명령 한마디만 떨어지면, 전 세계 선진국들이 아비규환 도탄에 빠져서 허우적거릴 것이다.

그리고는 각 나라에 자연스럽게 과도정부가 들어서고 차츰 중국화되어 언젠가는 그 나라에 중국의 오성홍기가 나부끼게 될 것이라는 얘기다.

그러나 안타깝게도 파런녀는 묵인자의 전체적인 계획의 기둥만 알고 있을 뿐이지 음모에 대해서 자세히는 알고 있지 못했다. 그로서는 알 필요가 없었기 때문이다.

하지만 연달아는 그로써 한 가지 사실을 짐작할 수 있게 되었다.

묵인자가 연달아와 다물에 대해서 적극적으로 대처하지 못했던 이유가 있었던 것이다.

세계정복이라는 거대한 목표에 치중하다 보니까 상대적으로 보잘것없이 여겨지는 연달아나 다물에는 신경을 쓸 겨를이 없었던 것이다.

그의 원대한 야망에 비해서 연달아나 다물은 하잘것없는 존재에 불과하기 때문이다.

묵인자의 세계를 정복하려는 야망에 대한민국도 당연히 포함될 것이다.

그러므로 대한민국 내에도 묵인자의 음모가 깊숙이 심어져 있을 것이다.

중국과 대한민국은 역사적으로 수천 년 동안 악연을 맺어

오고 있다.

중국이 이웃나라이며 용의 턱밑 비늘 같은, 즉 역린(逆鱗)과도 같은 존재인 대한민국을 가볍게 여길 리가 만무하다. 더구나 대한민국에는 다물과 연달아가 존재하고 있다. 그렇기 때문에 절대로 소홀하게 취급하지 않을 것이다.

연달아는 중국으로 가기 전에 파런너에게서 알아낸 정보를 듣기를 정말 잘했다고 생각했다.

연달아는 중국으로 가기 위해서 차를 이용하지 않았다.

평양에서 목적지인 베이징까지는 다소 먼 거리고 이런 식의 장거리 공간이동은 해본 적이 없지만 그래도 한 번 시도해 보기로 했다.

아랑은 그때 연달아의 몸속으로 흡수되고 나서는 한 번도 나오지 않았다.

나오면 떼어놓고 중국에 갈까 봐 그의 몸속에서 꼼짝도 하지 않고 있는 것이다.

연달아가 마음만 먹으면 언제라도 그녀를 몸 밖으로 내쫓을 수 있다는 사실을 모르고 있는 것이 약이다.

백화원 초대소 연달아의 방에 모두 모여 있었다. 그들은 연달아하고 헤어진다는 생각에, 그리고 중국팀의 배신이 거의 확실시된 상황이라서 착잡한 표정을 감추지 못한 채 침묵을 지키고 있었다.

연달아는 고선우와 연연화, 서양순을 북한에 남아 있도록 했다. 그들 세 사람이 다물의 대리인으로서 용걸태와 김정남을 돕고 또 감독하도록 하려는 것이다.

그리고 다른 사람들은 모두 서울로 돌아가라고 지시했다. 나중에 연달아가 그들이 필요하게 되면 북한에 있는 것보다는 서울에 있어야지만 쉽게 중국으로 부를 수 있을 것이기 때문이다.

연달아가 중국에 있는 동안에도 그들은 서울에서 할 일이 많이 있다. 평양에서 한가하게 휴가처럼 보내고 있을 형편이 아니다.

파런너에게서 알아낸 묵인자의 야망과 계획에 대해서 다물은 대비를 해야만 한다.

묵인자가 본격적으로 세계정복을 위해서 대란(大亂)을 일으키기 시작하면 이미 늦다.

그때는 미처 손을 써보지도 못하고 대한민국이 격침당할 수도 있는 것이다.

그러기 전에 방비를 해야만 한다. 하지만 아직은 묵인자의 세부적인 음모를 모르고 있다는 것이 치명적이다.

그것을 알아내야지만 다물에서도 무슨 대책을 세울 수가 있는 것이다.

총알이 어디에서 날아오는지도 모르는 상황에서 피한다는 것은 말이 되지 않는다.

연달아는 파런녀를 먼저 중국으로 보냈다. 그에게는 묵인자가 벌이고 있는 음모를 알아내라는 임무를 주었다.

한 가지 바람이 있다면 파런녀가 연달아에게 정신이 제압됐다는 사실이 묵인자에게 발각되지 않아야 한다는 것이다.

발각되면 파런녀를 이용하는 것은 그것으로 끝이다. 묵인자의 세계정복에 대한 음모를 파런녀가 어느 정도 알아내서 연달아에게 알려준다면 다행이지만, 그전에 발각된다면 만사 끝장이다.

불과 몇 걸음이면 갈 수 있는 길을 수천 걸음 빙 돌아서 가야만 할 것이다.

"가겠다."

연달아가 말문을 열면서 일어서자 모두들 따라 일어섰다.

헤어지기도 전에 고방아와 을지은한이 슬픈 표정을 짓고 있는 모습이 연달아의 가슴에 사무쳤다.

그녀들은 모름지기 연달아의 부인이다. 그녀들을 두고 멀리 떠나야 하는 연달아의 마음이나, 남편을 낯설고 위험한 곳으로 떠나보내는 그녀들의 마음은 똑같이 염려와 아쉬움으로 가득했다.

고방아와 을지은한이 약속이나 한 듯이 연달아의 양쪽에

서 그의 손을 꼭 잡았다. 그녀들의 보드랍고 따스한 손길이 사랑과 함께 전해졌다.

"조심해."

고방아는 맑은 눈동자로 그를 바라보며 하고 싶은 수만 마디 말을 조심하라는 짧은 한마디로 압축했다.

하지만 을지은한은 벌써 눈물이 그렁그렁하게 고여서 입만 열면 울음이 터질 것 같아 입술을 꼭 깨물며 아무 말도 하지 못하고 그의 어깨에 뺨을 비볐다.

연달아는 조금 더 오래 있다가는 떠나는 발길이 더욱 무거워질 것 같아서 얼른 전능을 일으켰다.

스으으.

그의 모습이 흐릿하게 사라지고 있을 때 고방아의 텔레파시가 그의 몸속에 숨어 있는 아랑에게 전해졌다.

'랑아, 그이 잘 모셔라.'

'알았어, 언니.'

그의 몸속에 들어간 이후 한마디도 하지 않고 죽은 듯이 있었던 아랑이지만 차마 고방아의 마지막 말을 모른 체하지 못했다.

다물 중국 팀장 손권호가 말해준 공간이동의 도착지점은 베이징에서 가장 번화한 왕푸징(王府井) 대로 한복판에 있는 뚱펑(東風)이라는 건물 맨 위층이었다.

이 건물은 총 15층이며 일층에서 3층까지는 상점들이, 그 위층에는 몇 개의 회사들이 사용하고 있었다.

그리고 10층부터 15층까지는 건물주인 뚱펑교역이 자리 잡고 있다. 표면적으로 뚱펑교역은 무역을 하는 회사지만 실제로는 다물의 중국팀 본거지다.

연달아는 평양의 백화원 초대소를 출발한 지 0.1마이크로 초 만에 베이징 뚱펑빌딩 15층에 도착했다. 처음 시도하는 것이지만 멋지게 성공했다.

그는 시간이동이나 공간이동을 하기 위해서 예전처럼 좌표 같은 것이 더 이상 필요하지 않았다.

단지 도착할 장소나 날짜를 알기만 하면 그곳으로 정확하게 이동할 수 있다.

그것이 75개의 우주물질을 지닌 무한런너의 새로워진 진일보한 능력이다.

스으으.

15층 넓은 응접실 한가운데에 아침 강변의 옅은 아지랑이 같은 것이 흐릿하게 피어났다.

팟!

그러더니 곧 그곳에 연달아가 우뚝 서 있었다. 아랑이 평양에 올 때 챙겨온 얇은 자주색 파커에 물 빠진 청바지, 캐주얼

화를 신은 늘씬하고 멋진 모습이다.

"군왕 전하."

그때 어디선가 조용하면서도 공손한 목소리가 들렸다.

한쪽 바닥에 열 명이 연달아를 향해 바닥에 무릎을 꿇고 고개를 조아린 자세로 있었다. 한 명이 앞에 있고 그 뒤에 세 명씩 세 줄이다.

이들은 연달아가 이곳에 나타나기 전부터 줄곧 이런 자세를 취하고 있었다.

연달아가 중국 팀장 손권호에게 이곳 위치를 물었던 것이 한 시간 30분 전이니까, 그렇다면 이들은 그때부터 이러고 있었다는 뜻이다.

"일어나라."

연달아의 말에 열 명은 조심스럽게 일어나 연달아를 바라보았다.

그들 중에서 맨 앞에 있는 손권호만 연달아를 본 적이 있을 뿐 아홉 명은 지금 그를 처음 보는 것이다.

중국팀은 중국 내 아홉 군데에 지부를 두고 있는데 이들은 팀장과 아홉 명의 지부장들이다. 물론 이들은 모두 다물의 정요원 신분이다.

손권호를 비롯한 모두는 군왕이 평양에서 이곳 베이징까지 공간이동을 해서 올 것이라는 말을 듣고 반신반의하면서

도 과연 어떻게 공간이동을 할지 기대하는 마음이었는데, 막
상 연달아가 나타나자 경악하면서도 말로만 들었던 군왕의
전능에 새삼 감복했다.

"앉자."

연달아는 먼저 소파로 걸어가서 앉았다.

그러나 손권호를 제외한 지부장들은 감히 소파에 앉지 못
하고 어쩔 줄 몰라 전전긍긍했다. 군왕하고 같은 소파에 앉을
수는 없기 때문이다.

그때 손권호가 손짓을 하며 소파에 앉아도 된다는 제스처
를 해 보였다.

그는 예전에 투아호에서 연달아하고 함께 지내봤기 때문
에 그의 성격을 어느 정도 파악하고 있다.

투아호에서의 경험으로 미루어 봤을 때 이런 상황에서 그
가 앉으라고 하면 앉아야 한다.

그가 격식이나 예의를 차리는 것을 싫어한다는 사실을 알
고 있기 때문이다.

그로부터 연달아와 손권호 이하 아홉 명의 지부장은 마라
톤회의를 계속했다.

모두들 노트북을 지니고 있으며 그것들은 천장에서 내려
온 대형 TV에 연결되어 있다.

지부장들이 한 명씩 보고를 할 때마다 필요한 장면과 자료가 TV화면에 나타나 이해를 도왔다.

연달아는 서두르지 않고 지부장들의 설명과 자료를 날카롭게 차근차근 검토하고 분석했다.

하지만 단 한 군데도 허점을 발견하지 못했다. 그들의 설명과 자료는 이론상으로는 완벽했다.

연달아는 이곳에 도착하자마자 회의를 시작하여 아홉 시간이 지난 현재까지 잠시도 쉬지 않았다.

그런 상황이기 때문에 중국 팀장이나 지부장들이 쉴 수 있을 리 만무하다.

그러나 쉬지 못했어도 손권호와 지부장들은 피곤한 기색이 조금도 없다.

군왕 면전이라서 극도로 긴장한 나머지 힘든 것을 느끼지 못하고 있는 것이다.

'더 이상 완벽할 수 없을 만큼 완벽하군.'

연달아는 마지막 지부장의 보고가 끝나자 슬쩍 미간을 찌푸리며 내심 중얼거렸다.

세상에 완벽이란 존재하지 않는다. 제아무리 완벽한 것처럼 보이는 것도 파고들면 약간의 허점이나 미완(未完)이 있게 마련이다.

그러므로 완벽한 것은 거짓말이나 사기밖에 없다. 없는 일을 사실처럼 정교하게 짜서 맞추었기 때문에 완벽할 수 있는 것이다.

그러므로 그런 거짓 완벽함을 깨부수는 방법은 실체와 마주하는 방법뿐이다.

보고서와 자료는 허위로 만들 수 있지만, 실체는 거짓말을 못하는 법이다.

그때 연달아의 생각을 어느 정도 짐작한 손권호가 조심스럽게 입을 열었다.

"군왕 전하, 실행 요원들을 직접 만나보시겠습니까?"

실행 요원이란 중국 현지에서 직접 몸으로 뛰는 부요원들을 가리키는 것이다.

중국팀 전체 요원의 수는 500명 정도이며 그중에 정요원은 25명이고 50여 명이 부요원, 나머지는 하부요원들로 구성되어 있다.

정요원을 제외한 부요원과 하부요원의 절반은 소수민족 출신이고 나머지 절반은 중국인이다.

손권호와 지부장들은 조심스럽게 연달아를 주시했다. 그들의 얼굴에는 '과연 군왕이 실행 요원들을 직접 만날 것인가' 하는 우려와 기대가 반반씩 섞여 있었다.

손권호 등은 연달아와 다물 지휘부에서 중국팀의 작전 계획 성공률이 100%에 달하는 것을 미심쩍게 여기고 있다는 사실을 잘 알고 있다.

자신들이 생각해도 작전 계획이 완벽하게 성공했다는 것이 잘 믿어지지 않았다.

하지만 손권호와 지부장들은 그 작전 계획을 발로 뛰면서 직접 진두지휘했기 때문에 성공률에 대해서는 누구보다도 잘 알고 있다.

다물 중국팀의 부요원들과 하부요원들은 중국 내 수십 개 소수민족과 중국공산당, 각 기관, 군부 내에서 막강한 실세로 통하는 인물들이다.

대고구려 제국의 작전이 개시될 때 그들이 실행을 하겠다고 철석같이 약속을 했기 때문에 현재 문서상으로는 작전 계획 성공률이 100%가 된 것이다.

양말이라면 까뒤집어서 속 시원하게 보여줄 수 있으나 거미줄보다 더 복잡하게 얽히고설킨 작전 계획이라는 것은 그렇게 할 수도 없는 실정이다.

그러자면 중국 전체를 일일이 다 돌아다니면서 수많은 작전 계획에 참여하고 있는 실행 요원들을 만나서 눈으로 보고 귀로 들어야만 하기 때문이다.

작전의 실행 요원들이 다물의 최고지도자인 무한런너를 잡기 위해서 거짓으로 포섭된 것이고 또 거짓으로 작전 계획의 실행을 약속한 것일 수도 있다.

만에 하나 그럴 경우에는 그들의 뒤에 묵인자가 버티고 있다는 뜻이다.

거기까지는 중국 팀장 손권호나 지부장들도 알 수가 없다. 다만 연달아가 실행 요원들을 만나겠다고 하면 전력을 다해서 그를 경호하는 수밖에 없는 상황이다.

연달아는 고개를 끄덕였다.

"만나보겠다."

그러자 손권호와 지부장들의 표정이 눈에 띄게 변했다.

작전 성공률이 100%라는 사실에 대해서 스스로도 놀라고 있던 손권호와 지부장들은 연달아가 실행 요원들을 직접 만남으로 인해서 모든 것이 밝혀질 것이라고 생각한다. 하지만 거기에 따른 위험, 즉 군왕이 위험에 처할지도 모른다는 상황을 감수해야만 한다.

"괜찮으시겠습니까?"

손권호의 조심스러운 물음은 많은 의미를 함축하고 있었다. 그리고 연달아는 그것을 충분히 알아들었다. 그는 잔잔하게 미소 지었다.

"염려 마라."

"그럼 내일 자리를 마련하여 우선 베이징에서의 실행 요원들을 만날 수 있도록 준비하겠습니다."

"부탁한다."

연달아는 고개를 끄덕이고 나서 천천히 지부장들을 둘러보면서 물었다.

"너희들 나를 만나면 제일 먼저 무엇이 하고 싶었느냐?"

그의 뜬금없는 물음에 다들 의아한 표정을 지으며 서로의 얼굴을 쳐다보았다.

지부장들은 손권호에게 군왕인 연달아에 대해서 귀에 딱지 않을 정도로 많이 들었다.

손권호의 얘기는 처음부터 끝까지 오로지 연달아에 대한 칭찬일색이었다.

그가 얼마나 잘생겼으며 또한 능력이 얼마나 뛰어나고 인품은 또한 얼마나 훌륭한지 입에 침이 마르도록 칭찬하고 또 칭찬했다.

그게 너무 지나쳐서 나중에는 손권호의의 말이 신빙성이 떨어질 정도였다.

그런데 지부장들이 막상 연달아를 만나보고 또 장장 아홉 시간 동안 보고를 하면서 조심스럽게 살펴보자니까 과연 손권호의 말이 많은 부분 맞는 것 같았다.

아직 자세한 것들은 잘 모르겠지만 지부장들처럼 산전수전 두루 겪은 베테랑들은 사람을 잠깐만 봐도 어떤 사람인지 얼추 짐작할 수가 있다.

하물며 군왕하고 아홉 시간 동안이나 함께 대화를 나누었는데 그의 됨됨이를 짐작하지 못하겠는가.

손권호 이하 지부장들이 지금 가장 바라고 있는 것은 자신들의 최고지도자인 군왕에 대해서 더 많은 것을 알고 싶다는 것이다.

그러나 감히 그것을 솔직하게 연달아에게 말하는 사람은 아무도 없었다.

아니, 딱 한 사람이 있었다. 지부장들 사이에서 공손하면서도 낭랑한 목소리가 흘러나온 것이다.

"정말 황송합니다만… 군왕 전하를 모시고 술 한잔하고 싶습니다."

순간 손권호와 여덟 명의 지부장은 깜짝 놀라면서 시선이 일제히 한 사람에게 집중되었다.

하지만 지부장들은 방금 말한 사람이 누군지 찾아내려고 두리번거리지도 않았다.

목소리만 듣고도, 아니, 이런 엄숙한 자리에서 그따위 발칙한 말을 할 사람이 한 사람밖에 없다는 사실을 잘 알고 있기 때문이다.

그는 쓰촨성(四川省) 충칭(重慶) 지부장이다. 남자이며 나이는 20대 후반, 동그란 얼굴에 겁먹은 듯 크고 서글서글한 눈에 아기처럼 뽀얀 얼굴 피부를 가졌다. 조금 성숙한 고등학생이거나 늦자란 대학생 정도로 보였다.

막중한 다물 중국팀 충칭 지부장이라는 사실이 쉽사리 믿어지지 않는 앳된 얼굴의 소유자였다.

손권호가 작은 목소리로 충칭 지부장을 꾸짖었다.

"이놈. 무엄하다."

그러나 충칭 지부장은 해맑은 눈을 또랑또랑하게 빛내면서 똑 부러지게 말했다.

"군왕 전하께서 무엇이 제일 하고 싶으냐고 하문하셨기에 말씀드린 것뿐입니다."

그러나 표정하고는 달리 목소리는 매우 공손했다. 또한 얼굴에는 두려워하는 표정이 조금도 없었다.

"그래도!"

손권호가 다시 꾸짖으려고 하자 연달아가 손을 들었다.

"나도 술을 좋아한다. 한잔하자."

제71장

중국의 실세

R U N N E R
런너

'오빠, 나가고 싶어.'

술자리가 한창 무르익었을 때 연달아 속에서 아랑이 소곤 거렸다.

그녀는 연달아와 합체한 상태이기 때문에 굳이 말을 할 필 요가 없다.

단지 생각만 하면 그것이 고스란히 연달아에게 전해진다. 그런데도 그녀는 마음이 급해서 텔레파시를 보냈다.

연달아 속에, 아니, 한 몸이 된 상태로 있으니까 그녀는 세 상에 부러울 것 없이 편안했다.

그래서 목적지인 중국에 왔는데도 그의 몸 밖으로 나가고 싶은 마음이 들지 않았다.

그녀의 신체를 이루고 있는 원소들이 분해되어 연달아에게 흡수되었기 때문에 완전한 합체라고 할 수 있다.

하지만 조금 아까부터 그녀를 괴롭히기 시작한 것이 있는데 바로 술이다.

그녀는 연달아 때문에, 아니, 덕분에 여고 2학년 때 처음 술을 배우고 나서 이제는 제법 술맛을 아는 앙증맞은 술꾼이 되어 있었다.

그러니 연달아와 손권호, 지부장들이 서로 어울려서 권커니 잣커니 맛있게 술을 마시고 있는 것을 보고는 술이 마시고 싶어서 도저히 참을 수가 없을 지경이 되었다.

"손 팀장."

연달아는 손권호에게 아랑의 신체 사이즈를 대충 설명해 주고는 그에 맞는 옷 한 벌과 팬티, 브래지어를 갖다달라고 부탁했다.

손권호는 의아한 생각이 들었으나 아무 말도 하지 않고 직접 나갔다가 잠시 후에 돌아와 연달아가 부탁한 것을 공손히 내밀었다.

화사하고 예쁜 꽃무늬 원피스와 여중생용 브래지어 팬티였다. 연달아의 설명을 들은 손권호는 그만한 신체 사이즈면 여중생일 것이라고 나름대로 짐작했던 것이다.

또한 급히 서둘러서 가져와야 했기 때문에 최고급을 준비할 수가 없었다.

손권호와 지부장들은 연달아가 왜 갑자기 여중생 옷을 갖다달라고 했는지 궁금해서 물끄러미 그를 주시했다.

연달아는 묵묵히 원피스 안에 팬티와 브래지어를 대충 구겨 넣은 후에 원피스를 똑바로 펼쳐서 자신의 가슴에 갖다 댔다. 알몸 상태인 아랑이 밖으로 나오면서 입기 편하도록 배려한 것이다.

그 행동을 보고 사람들은 더욱 알 수 없다는 표정을 지으며 고개를 갸웃거렸다.

스으.

그때 연달아의 가슴 부위가 약간 흐릿하게 밝아지는 것 같더니 어느새 한 소녀가 나타나서 그의 허벅지에 떡하니 앉아 있는 것이 아닌가.

"으아……."

"어… 억?"

그 광경을 보고 놀라지 않은 사람이 없다. 여기저기에서 탄성이 터져 나왔다.

느닷없이 불쑥 한 소녀가 나타나서는 연달아의 가슴에 등을 기댄 자세로 폭 안기듯 앉아 있으니 놀라는 것은 당연한 일이다.

더구나 그 소녀는 방금 전까지만 해도 힐렁하던 꽃무늬 원피스를 입고 있었다.

모두들 턱 떨어진 모습으로 소녀, 즉 아랑을 바라보고 있는데, 그녀의 모습이 가관이 아니다.

아랫도리를 가리라는 팬티는 모자처럼 머리에 썼으며, 다행히 브래지어는 가슴에 하긴 했는데 원피스 옷 위 그러니까 바깥에 하고 있는 우스꽝스러운 모습이었다.

그것은 순전히 연달아가 원피스 속에 팬티와 브래지어를 대충 구겨 넣었기 때문이다.

그러나 사람들은 아랑의 갑작스런 출현에 너무 놀랐기 때문에 그녀가 팬티를 머리에 썼든 브래지어를 옷 밖에 했든 눈에 들어오지 않았다.

"푸헤헤헤헷! 팬티를 머리에 썼잖아!"

그런데 이번에도 딱 한 사람 충청 지부장이 손으로 배를 움켜잡고 숨넘어가는 웃음을 터뜨렸다.

그러자 옆에 앉은 지부장이 깜짝 놀라서 다급히 손으로 충청 지부장의 입을 막고 연달아에게 고개를 숙이며 어쩔 줄 몰라 했다.

"죄… 송합니다. 용서하십시오."

"아니다. 우스운 일이 있으면 웃어야지. 그래, 충청 지부장. 네 이름이 뭐냐?"

연달아는 아랑의 머리에서 팬티를 벗기면서 빙그레 엷은 미소 지었다.

충청 지부장은 벌떡 일어나서 차려 자세를 취하며 목에 핏대를 세웠다.

"넵! 금동입니다!"

"성이 금이고 이름이 동이냐?"

"그렇습니다! 쇠 금(金) 자에 아이 동(童) 자를 씁니다! 쇳덩이처럼 단단한 아이라는 뜻입니다."

연달아는 고개를 끄덕였다.

"너에게 잘 어울리는 이름이구나."

"가, 감사합니다!"

충청 지부장 금동은 넙죽 허리를 굽혔다.

연달아는 모두들 아랑이 누군지 궁금하게 여기는 것 같아서 그녀의 머리를 쓰다듬으며 소개했다.

"이 아이는 아랑이라고 한다."

순간 고요한 정적이 흘렀다. 다물 소속 정요원들은 군왕 연달아와 여황 고방아, 그리고 다물수호대에 대해서 닳고 닳도록 공부를 하고 있다.

자신들이 모셔야 할 최고 우두머리들이기 때문이다. 그래서 그들에 대해서는 누구보다도 잘 알고 있다고 자부한다.

하지만 조금 전에는 아랑이 괴이한 방법으로 불쑥 나타났기 때문에 그녀가 미처 누군지 알아보지 못했다. 그런데 이름을 듣는 순간 정신이 번쩍 든 것이다.

손권호는 고개를 세차게 흔들고 나서 눈을 껌뻑이며 아랑을 똑바로 쳐다보았다.

'틀림없다. 다물수호대의 우두머리인 알파 아랑이다.'

그는 투아호에서 아랑을 본 적이 있다. 아니, 함께 어울려서 술까지 마셨다.

그런데 그녀가 갑자기 튀어나오고 또 전혀 어울리지 않게 꽃무늬 원피스를 입은 데다 우스꽝스러운 모습이라서 차마 그녀가 아랑일 줄은 생각하지 못했다.

아랑은 태연하게 브래지어를 풀어서 팬티와 함께 뭉뚱그려서 옆에 놓고는 손권호와 지부장들을 둘러보면서 해맑은 미소를 지으며 자기소개를 했다.

"내 이름은 아랑이고 오빠의 세 번째 부인이에요."

"랑아!"

아랑이 설마 그렇게 말할 줄은 몰랐던 연달아는 깜짝 놀라서 급히 손으로 그녀의 입을 막았다.

천방지축 금동 같은 녀석은 중국팀에만 있는 것이 아니라 연달아에게도 있었다.

하지만 아랑의 말을 믿는 사람은 아무도 없었다. 군왕이 결혼을 했다는 말은 들은 적이 없는데다 설마 아랑처럼 어린 소녀가 군왕의 부인이겠는가, 라고 생각했다. 그래서 그녀가 어린데다 버릇이 없는 것쯤으로 생각했다.

아랑은 자기 얼굴보다 더 큰 연달아의 손바닥을 치우고 나서 조그맣고 예쁜 궁둥이를 들어 테이블 자기 자리 앞에 냉큼 술잔부터 챙겼다.

금동이 쪼르르 다가와서 두 손으로 공손히 아랑에게 술을 따르며 아부하는 표정을 지었다.

"알파님, 저는 금동입니다. 잘 부탁합니다."

"금동 오빠 성격 참 좋던데?"

"헤헷! 감사합니다."

괴짜, 아니, 중국팀에서 '괴물'로 통하는 금동의 성격을 좋다고 칭찬하는 사람이 있다는 사실에 손권호 등은 아랑의 성격을 즉시 알아차렸다.

원래 가재는 게 편이랬다고, 게를 칭찬하는 가재의 성격이 오죽하겠는가, 라는 것이다.

술자리는 밤이 이슥하도록 계속됐다. 술은 사람을 변하게 만들고 또 본성이 드러나게 한다. 하지만 예외인 사람은 연달아 한 사람뿐이다.

처음에는 극도로 긴장해서 조심스럽게 술을 마시던 손권호와 지부장들은 연달아가 술자리에서만큼은 파격적일 정도로 관대하다는 사실을 알고는 차츰 긴장이 풀려서 자유롭게 마음 놓고 술을 마셔댔다.

더구나 아랑이 줄곧 건배를 외치면서 마셔대자 거기에 박자를 맞추느라 안주를 먹을 새도 없이 술을 입속에 부어넣기 바빴다.

특히 아랑과 금동은 서로 죽이 잘 맞았다. 금동은 아예 연달아 옆으로 자리를 옮겨서 몇 년 동안 잘 알고 지낸 사이처럼 굴었다.

금동은 유창한 달변이었다. 조금도 말을 더듬지 않았으며 발음이 정확했는데, 술을 마시는 순간만 빼고는 잠시도 쉬지 않고 끊임없이 말을 쏟아냈다.

더구나 어린 나이에 어울리지 않게 몹시 박식했다. 어떤 화제가 나와도 도무지 막힘이 없었다.

아니, 아예 그가 술자리의 화제를 주도했다. 하나의 화제가 시들해지면 즉시 다른 화제를 꺼내서 술자리를 활기차게 만들었다.

보통 말이 많고 화제가 다양한 사람일수록 지식이 얕은 경우가 허다한데, 금동은 그렇지 않았다.

어떤 분야라도 전문가 못지않은 해박한 전문지식을 지니고 있었다.

손권호와 지부장들이 금동을 대하는 것을 보면 조금도 싫어하거나 귀찮아하지 않았고 오히려 그를 매우 예뻐하고 또 신뢰하는 것 같았다.

사실 연달아는 처음부터 금동을 주의 깊게 지켜보았다. 그에게서 어떤 강한 느낌을 받았기 때문이다.

"금동아."

연달아가 조용히 부르자마자 금동은 술을 많이, 아니, 엄청나게 마셨는데도 불구하고 그 즉시 벌떡 일어나 차려 자세를 취했다.

"넵!"

"앉아라."

"넵!"

금동은 앉아서도 허리를 꼿꼿하게 펴고 정면을 주시했다.

"너 지금부터 1분 안에 송 지부장이 발가벗고 춤추도록 만들어봐라."

송 지부장은 금동 바로 맞은편에 앉아 있는 상하이 지부장을 가리키는 것이다.

"옛?"

금동은 깜짝 놀라서 연달아를 쳐다보았다. 난데없이 상하이 지부장을 발가벗겨서 춤을 추도록 하다니 금동뿐만 아니라 모두들 놀랐다.

연달아가 담담한 미소를 짓고 있는 것을 보고 금동은 이번에는 손권호를 쳐다보면서 입술을 달싹거렸다.

말은 하지 않고 입 동작으로만 군왕께 무슨 말을 했느냐고 묻는 것인데 손권호는 고개를 절레절레 가로저으며 아무 말도 하지 않았다는 시늉을 해 보였다.

사실 금동에겐 특별한 능력이 두어 개 있다. 뛰어난 화술을 발휘해서 짧은 시간 안에 상대를 구워삶는 것과 상대의 눈을 빤히 들여다보고는 그가 무슨 생각을 하고 있는지 알아맞히는 것인데, 전자의 경우는 80% 이상의 확률을, 후자는 절반 이상의 확률을 자랑하고 있다.

사실은 그 재주 때문에 그는 어린 나이에도 불구하고 지부장 자리에 오른 것이다.

그런데 연달아가 느닷없이 금동에게 1분 안에 송 지부장을 발가벗고 춤추게 만들어보라고 명령을 하자 혹시 손권호가 연달아에게 뭐라고 귀띔을 한 것이 아닌가 의심을 한 것이다. 하지만 실제로 손권호는 연달아에게 아무 말도 하지 않았다.

"그건… 불가능합니다."

금동은 난감한 표정으로 고개를 가로저었다. 화술로 상대를 포섭하는 것이나 눈빛을 읽고 상대의 마음을 읽는 재주는 조금 있지만, 상대를 발가벗고 춤추게 만드는 재주는 아예 없다. 아니, 시도해 본 적도 없었다.

만약 금동에게 그런 능력이 있다면 상대에게 발가벗고 춤추는 것 이상의 어떤 명령이라도 내릴 수 있다는 뜻이다.

하지만 금동은 자신에게 그런 놀라운 능력이 있을 리 만무하다고 생각했다.

연달아는 의미심장한 미소를 지었다.

"해보지도 않고 못하겠다는 것이냐?"

"하지만 저는 그런 능력이……."

"해봐라."

연달아가 말을 가로막으면서 무조건 해보라는 데는 금동도 어찌해 볼 도리가 없었다.

금동은 상하이 지부장 송지운을 물끄러미 쳐다보았다. 금동이나 송지운 둘 다 머쓱한 표정이다. 한 사람은 상대를 발가벗고 춤추게 만들어야 하고, 또 한 사람은 그것을 당해야 하는 입장이기 때문이다.

하지만 둘 다 그런 일이 일어날 것이라고는 눈곱만큼도 상상하지 않았다.

금동은 감히 군왕 면전에서 하는 척만 해서는 안 된다는 것을 잘 알고 있다.

군왕은 전능자이기 때문에 금동을 완전히 꿰뚫고 있을 터, 그러므로 그가 하는 척만 하는 것으로는 군왕을 능멸하는 행동인 것이다.

어쩔 수 없이 막바지에 몰린 금동은 자세를 바로잡고 송지운을 똑바로 쏘아보았다.

그러면서 그는 연달아의 당치도 않은 명령에 대해서 생각해 보았다. 전능자인 그가 해보라고 명령했을 때에는 어쩌면 금동에게 그런 능력이 있기 때문인지도 모른다는 생각이 문득 들었다.

그리고 송지운도 같은 생각을 했다. 그래서 어쩌면 자신이 잠시 후에 발가벗고 춤을 추게 될지도 모른다는 생각에 마음이 조금 불안해졌다.

그때 아랑이 송지운을 보며 종알거렸다.

"송 지부장님, 이왕이면 신나는 춤으로 부탁해요."

그 바람에 답답했던 송지운의 가슴속이 진창으로 변하고 말았다.

손권호와 지부장들도 연달아가 허튼 명령을 내렸을 리 없다는 생각에 잔뜩 기대하는 표정으로 금동과 송지운을 눈이 빠지도록 주시했다.

금동이 눈을 뚫어지게 주시하자 송지운은 점점 불안해져서 눈빛이 크게 흔들렸다.

반면에 금동은 눈을 부릅뜨고는 어금니를 악물고 속으로 부르짖었다.

'이얍! 얏! 옷을 벗어라! 벗고 춤을 춰라!'

그러나 아무리 송지운의 눈을 쏘아보고 속으로 부르짖어

도 그는 꼼짝도 하지 않았다.

연달아가 명령한 1분이 지나고 5분이 지났으나 송지운은 벌거벗고 춤을 추기는커녕 눈만 말똥거렸다. 바야흐로 금동은 초조해졌고 송지운은 점점 느긋해졌다.

결국 금동은 도저히 자기 능력으로는 송지운의 안경조차 벗기지 못한다고 절감했다.

그래서 그가 막 포기하려는데 갑자기 연달아의 목소리가 그의 뇌를 잔잔하게 울렸다.

'네 눈빛으로 상대 눈빛을 묶어라.'

"......!"

금동은 움찔 놀랐다. 그러나 그는 즉시 그 말이 무슨 뜻인지 깨달았다. 하지만 눈빛으로 눈빛을 어떻게 묶어야 하는지 알 수가 없었다.

그렇지만 연달아는 더 이상 아무 말도 하지 않았다. 금동은 '눈빛으로 눈빛을 묶는다' 라는 것에 대해서 곰곰이 생각해 보았다.

'눈빛이 가느다란 줄이라면 묶을 수 있다지만 도대체 이걸 어떻게… 아!'

그러다가 문득 속으로 나직한 탄성을 터뜨렸다. 눈빛이 줄은 아니지만 줄이라고 생각하면 가능할지도 모른다는 생각이 들었다. 왜 그런 생각이 들었는지는 모를 일이다.

어떤 불가능이더라도 처음부터 '할 수 없다'라고 생각해 버리면 절대로 이루어지지 않는다.

하지만 '할 수 있다'라는 긍정적인 생각을 품으면 불가능을 가능으로 바꿀 수도 있는 것이다. 모든 불가능의 시작은 깨달음이다.

'내 눈빛은 가늘디가는 줄이다.'

그는 스스로에게 암시를 걸었다.

'상대의 눈빛 역시 가늘디가는 줄이다. 그러므로 내 눈빛의 줄로 상대의 눈빛 줄을 감아서 묶을 수 있다.'

또한 그는 자신의 눈에서 가느다란 줄로 변한 눈빛을 뿜어낸다고 생각했다. 아니, 확신했다.

손권호와 지부장들은 이제 지루해져서 금동이 못하겠다고 두 손을 들 때를 기다리고 있었다.

"억?"

그런데 고요한 정적을 깨고 갑자기 송지운이 답답한 비명을 토해냈다.

그것은 마치 누군가 그의 혓바닥을 힘껏 잡아당겼을 때 내는 비명 소리였다.

금동은 송지운의 눈빛이 흐려지는 순간 자신의 눈빛이 그의 눈빛을 감아서 묶어버린 것을 생생하게 느꼈다. 그것은 마치 보이지 않는 낚싯줄에 대어가 걸린 듯한 팽팽한 느낌이었다.

그리고 그는 본능적으로 자신이 송지운의 정신을 제압했다는 사실을 깨달았다.

'어서 옷을 훌훌 벗고 춤을 춰라.'

금동은 속으로 중얼거렸다. 그는 자신의 중얼거림이 눈빛을 타고 가서 송지운에게 전해질 것이라고 믿었다. 지금 그의 얼굴은 마치 신 내린 무당이 굿판을 벌이고 있는 듯한 표정으로 변해 있었다.

송지운이 나직한 비명 소리를 내자 손권호와 지부장들은 깜짝 놀랐다. 가만히 앉아 있던 송지운이 느닷없이 비명 소리를 낼 이유가 없기 때문이다.

그런데 그때 송지운이 부스스 일어나더니 묵묵히 상의를 벗기 시작했다.

모두들 놀라고 있는 가운데 그는 어느새 상의를 다 벗고 벌거벗은 상체가 된 상태에서 이제는 허리띠를 풀고 있었다.

'이제 그만해라.'

그때 연달아의 조용한 목소리가 머릿속에서 울리자 금동은 급히 손을 뻗으며 외쳤다.

"됐다! 그만!"

송지운은 바지를 막 벗으려다가 뚝 동작을 멈추었다.

금동은 속으로 명령해야 하는데 급한 나머지 소리를 질러

놓고는 제풀에 더 놀라서 후다닥 일어섰다.

그가 송지운의 묶었던 눈빛을 풀어주자 그는 멍한 표정을 짓더니 바지를 벗고 있는 자신의 모습을 발견하고는 화들짝 놀랐다.

"허엇?"

그러나 놀라는 사람은 그뿐만이 아니다. 손권호와 지부장들도 크게 놀라고 있으며, 무엇보다도 금동이 제일 많이 놀라는 모습이다.

자기가 눈빛으로 송지운을 조종해 놓고서도 그 사실이 좀처럼 믿어지지 않았다.

"랑아."

"응. 오빠."

적막을 깨고 연달아가 조용한 목소리로 부르자 아랑이 생글생글 미소 지으며 대답했다.

연달아는 턱으로 금동을 가리키며 물었다.

"금동이 누군지 알겠느냐?"

아랑은 눈을 반짝이며 반문했다.

"이타야?"

"그래. 그가 바로 이타다."

아랑은 연달아가 금동에게 특별한 관심을 갖고 있다는 사실과 또한 금동이 놀라운 능력을 발휘한 광경을 보고 그가 다물수호대 북두칠성의 마지막 별인 '이타'라는 사실을 직감한 것이다.

하지만 금동 자신이나 손권호와 지부장들은 연달아와 아랑의 대화를 듣고서도 그게 무슨 뜻인지 금세 이해하지 못하고 의아한 표정을 지었다.

아랑은 환한 얼굴로 종알거렸다.

"이타를 이런 곳에서 찾게 될 줄은 몰랐네?"

금동은 '이타'라는 것이 자기를 지칭한다는 사실을 깨닫고 어눌하게 물었다.

"이타가 뭡니까?"

"하하하! 내 부하가 됐다는 뜻이야!"

금동은 어리둥절했다.

"저는 원래 알파님의 부하입니다만……."

다물에서는 군왕과 여황이 가장 높고 그다음이 다물수호대라서 전체 정요원이나 부요원들은 당연히 알파인 아랑의 부하라는 뜻이다.

아랑은 어이없다는 표정을 지으며 금동을 쏘아보다가 연달아를 돌아보았다.

"오빠, 이렇게 아둔한 작자가 정말 다물수호대의 마지막 일곱 번째인 이타가 맞는 거야?"

"에엣?"

연달아는 빙그레 미소만 짓고 있는데 금동이 누구에게 목을 움켜잡힌 것 같은 소리를 질렀다.

"제… 제가 다물수호자라는 겁니까?"

"그래. 일곱 명의 다물수호자 중에서 마지막 꼴찌인 이타가 바로 너라고."

"에에엣?"

　그렇게 두뇌회전이 빠르던 금동이지만 이 순간만큼은 완전히 바보가 된 기분이었다.

　다물 중국팀 소속 충칭 지부장 금동은 졸지에 다물수호자가 되어 조금 전까지만 해도 직속상관이었던 팀장 손권호의 윗사람이 되었다.

　그뿐만이 아니라 동료들이었던 지부장들까지도 금동의 부하가 되었다.

　그래서 금동은 기분이 몹시 좋아 과음을 했으며, 새로운 부하를 얻게 된 아랑도 연신 생글생글 웃으면서 금동과 건배를 해댔다.

　아랑은 술이 많이 취했고 또 새로운 부하 이타를 얻었다는 생각에 기분이 너무 좋아 원피스를 벗어 던지고 홀딱 벗은 알몸으로 연달아 몸 위에서 팔다리를 허우적거리며 헤엄치는 동작을 해댔다.

그러더니 무슨 생각에선지 허둥지둥 연달아의 옷을 벗기기 시작했다.

"나만 벗고 있으니까 손해야. 오빠도 다 벗어야 해."

연달아는 빙그레 미소 지으면서 그녀가 하는 대로 가만히 내버려 두었다.

그와 아랑이 알몸으로 부대끼면서 목욕을 한다든지 또 알몸으로 서로 안고 잠을 자는 것은 어제 오늘의 일이 아니라 아주 흔한 일이다.

아랑은 연달아의 옷을 다 벗겨놓고 그 위에 엎드려 또다시 헤엄을 치듯 허우적거리며 뭐가 그리 좋은지 연신 깔깔 웃어 댔다.

"그만 자자. 랑아."

"응."

연달아가 두 손을 아랑의 등과 궁둥이에 얹으며 말하자 그녀는 즉시 얌전해지면서 그의 가슴에 뺨을 묻고 사르르 눈을 감았다.

깊이 잠들었던 연달아는 이상한 느낌에 잠이 깼다. 그리고 그는 곧 어떻게 된 일이지 알아차렸다.

그의 몸 위에서 엎드려 자고 있던 아랑이 그의 성기를 단단하게 만들어서 그것을 자신의 음부에 삽입하려고 기를 쓰고 있는 중이었다.

"랑아."

"나도 오빠의 부인이 되고 싶단 말이야. 그러니까 아무 말
도 하지 마."

연달아가 조용히 부르자 아랑은 그의 하체에 다리를 벌리
고 쪼그려 앉은 자세로 연신 끙끙거리며 종알거렸다.

그런데 연달아는 그녀의 목소리에 울음기가 섞여 있는 것
을 느꼈다.

그녀는 그토록 절박했던 것이다. 을지은한에 이어서 고방
아까지 연달아의 여자가 됐다는 사실이 그녀를 점점 더 초조
하게 만들어 벼랑 끝으로 내몰았다.

그래서 자기도 한시바삐 연달아의 여자가 되어야겠다고
조바심이 난 것이다.

얼마나 초조했으면 그렇게 만취한 상황에, 그리고 깊은 밤
중에 혼자 이토록 용을 쓰고 있었겠는가.

그러나 섹스라는 것은 해본 적이 없는데다 자신의 음부가
너무 작은 반면에 연달아의 성기는 지나치게 컸기 때문에 도
저히 삽입이 이루어지지 않자 너무 답답하고 속이 상해서 울
음이 터지기 일보직전 상태가 되었다.

연달아는 씁쓸한 마음이 되어 가만히 있었다. 아랑의 마음
을 충분히 이해하지만 지금 같은 상황에서는 뭐라고 말해줘

야 할지 할 말이 궁했다.

하지 말라고 그녀를 밀치면 마음의 큰 상처를 입을 테고, 그렇다고 해서 그가 나서서 그녀와 섹스를 시도하는 것은 그다지 내키지 않았다.

고구려 같았으면 아랑의 나이에 이미 아이를 서너 명쯤 낳은 아줌마가 됐을 것이다. 그렇기 때문에 아랑이 어리다고 생각하지는 않는다.

문제는 그녀의 체구가 자그마하고 특히 음부가 작아서 도저히 삽입이 이루어질 것 같지 않다는 사실이다.

그런 상황에서 무리하게 삽입하다가는 그녀의 그곳에 상처를 입힐 것이 분명하다. 최소한 지금의 연달아는 그렇게 생각하고 있었다.

"씨이……."

아무리 몸부림을 쳐도 제대로 되지 않자 아랑은 절망에 빠져서 울음이 터지기 직전이다.

그녀는 연달아의 몸 위에 엎드려 두 손으로 그의 얼굴을 잡고 어둠 속에서 빤히 그를 바라보았다.

"오빠, 나 사랑해?"

연달아는 그녀의 커다란 두 눈에 눈물이 그렁그렁 고여 있는 것을 보았다.

"물론 사랑하지."

"그럼 오빠가 도와줘. 나 혼자는 도저히 안 되겠어."

"랑아."

"쓸데없는 말 하면 나 칵 죽어버릴 거야. 지금 내 기분이 어떤지 알아? 속상해 죽겠어. 왜 나만 안 되는 거야……."

연달아는 금방이라도 봇물 터지듯 눈물을 쏟을 것 같은 아랑의 표정과 절절한 목소리에 그녀를 달래는 것과 그만하라고 만류하는 것은 못할 짓이라는 생각이 들었다.

"어서… 응?"

아랑이 답답한 듯 궁둥이를 들썩거렸다.

연달아는 그녀를 빤히 바라보다가 어쩔 수 없다는 듯 한숨을 내쉬었다.

"알았다."

그로부터 10분쯤 후에 아기돼지 멱따는 듯한 처절하기 짝이 없는 비명 소리가 방 안을 가득 울리면서 마침내 아랑은 연달아의 여자가 되었다.

남녀의 사랑, 아니, 섹스란 참으로 오묘하고도 불가사의한 일이 아닐 수 없다.

현실에서 야구방망이를 열쇠구멍에 넣는 것은 하늘이 두 쪽이 나도 절대로 불가능한 일이다.

그러나 남녀의 섹스에서는 얼마든지 가능하다. 단, 남녀가 서로 진심으로 사랑해야만 가능하다.

섹스 후에 연달아 몸 위에 엎어져서 그대로 잠이 들었던 아랑이 아침에 눈을 뜨고 몸을 일으키더니 자신의 그곳을 들여다보면서 한 말이 그날의 명언으로 남았다.

"오빠, 이것 좀 봐봐. 나 다리가 세 개야."

*　　　*　　　*

베이징 치엔먼따지에(前門大街)의 어느 전통 식당 3층 밀실에 말쑥한 정장 차림의 인물 두 명이 회전식 둥근 테이블 앞에 나란히 앉아서 누군가를 기다리고 있다.

한 명은 60세 전후이고 또 한 명은 50대 중반의 나이다. 그런데 둘 다 중후한 용모와 당당한 체구를 지녔으며 권력자의 위풍과 귀티가 흘렀다.

평소에 그들이 움직이면 여러 명의 경호원이 호위를 하고 경찰이나 공안에 비상이 걸릴 테지만, 오늘은 두 명의 신사가 직접 운전을 하여 차를 몰고 이곳에 왔다. 그 말은 두 사람이 이곳에 온 것은 비공식적이며 아무도 모르고 있다는 뜻이다.

현재 시간은 오전 11시 59분을 가리키고 있다. 두 명의 신사는 11시에 이곳에 와서 지금까지 한 시간 동안 누군가를 줄곧 기다리고 있는 중이다.

두 사람은 서로 잘 아는 사이다. 그렇기 때문에 자기들끼리 있으면 편안한 자세로 차라도 마시면서 대화를 나누고 있을 법도 한데, 두 사람은 나이에 어울리지 않게 허리를 꼿꼿하게 편 채 침묵을 지키고 있었다.

이윽고 벽시계가 12시 정각을 가리켰다. 두 사람이 기다리고 있는 사람과의 약속 시간은 12시다.

척!

그때 밀실의 문이 열리고 한 사람이 들어서 실내를 재빨리 둘러보았다.

그런데 그 사람은 다름 아닌 정장을 입은 다물수호대 이타 금동이었다.

금동이 두 사람을 발견하고 가볍게 눈살을 찌푸렸다. 그는 오늘 만날 사람이 일곱 명이며 그들의 사진을 미리 숙지했기 때문에 용모를 잘 알고 있다. 그런데 실내에 있는 것은 두 명의 신사뿐이며, 금동이 사진으로 숙지한 용모하고는 전혀 다른 얼굴이다.

"삼족오."

그런데 두 사람 중에서 50대 중반의 인물이 금동을 보며 조용한 목소리로, 그러나 적잖이 긴장이 배인 목소리로 입을 열었다.

"다물."

금동은 가볍게 고개를 끄덕였다.

'삼족오'와 '다물'이란 말은 오늘 만나기로 한 사람들과의 암호로 정해놓았다.

그렇다면 바로 이들 두 명이 다물의 군왕을 만나러 나왔다는 뜻이다.

금동이 한옆으로 비켜서며 공손한 자세를 취하자 이윽고 손권호가 앞서고 연달아와 아랑이 나란히 그 뒤를 따라서 실내로 들어왔다.

두 명의 신사의 시선이 일제히 연달아에게 꽂혔다.

연달아는 천천히 걸어와서 두 신사의 맞은편에 우뚝 섰다.

방문이 닫히고 나서 실내에는 잠시 동안 긴장과 침묵이 자욱하게 흘렀다.

『런너』 제8권에 계속…

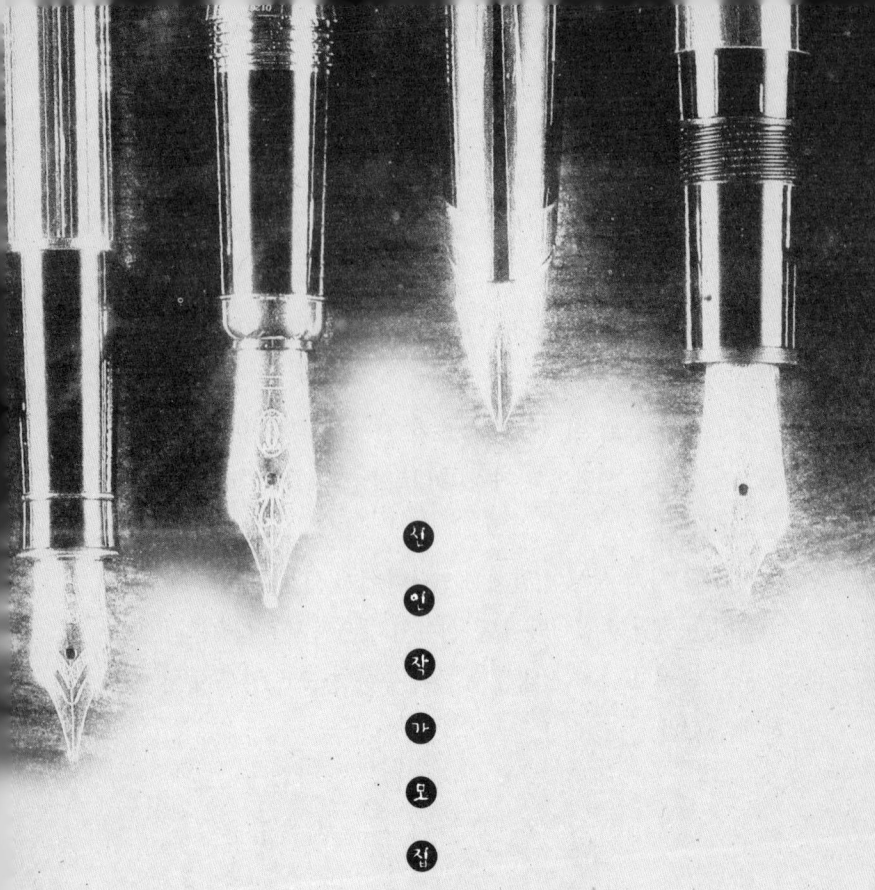

신인작가모집

시작이 반이라고 했습니다.
작가의 길에 대한 보이지 않는 벽을 과감히 깨뜨리십시오!
청어람은 작가 지망생 여러분들의
멋진 방향타가 되어드리겠습니다.

저희 도서출판 청어람에서는
소설 신인 작가분들을 모집합니다.
판타지와 무협을 사랑하시는 분들의 많은 참여를 바랍니다.
소정의 원고(A4용지 150매)를 메일이나 우편으로 보내주시면
검토 후 출판 여부를 알려드리겠습니다.

주소:경기도 부천시 원미구 심곡2동 163-2 서경B/D 2F 우편번호 420-822
TEL:032-656-4452 · **FAX**:032-656-4453
http://**www.chungeoram.com**
e-mail:chungeoram@chungeoram.com

마법사
무림기행
魔法師 武林紀行

김도형 퓨전 판타지 소설

신예 김도형이 그려내는 퓨전 장르의 변혁!
무림을 무대로 펼쳐지는 마법사의 전설!

무림에서 거지 소년으로 되살아난 마법사 브린.
더 이상 떨어질 곳도 없는 깊은 나락에서 마법사의 인생은 새로이 시작된다!

내 비록 시작은 이 꼴이나 그 끝은 창대하리니!

짓밟혀도 되살아나는 잡초 같은 생명력!
고난 속에서 빛을 발하는 날카로운 기재!

무협과 판타지를 넘나드는
마법사 브린의 모험을 기대하라!

Book Publishing CHUNGEORAM

유행이 아닌 자유추구 -
WWW.chungeoram.com

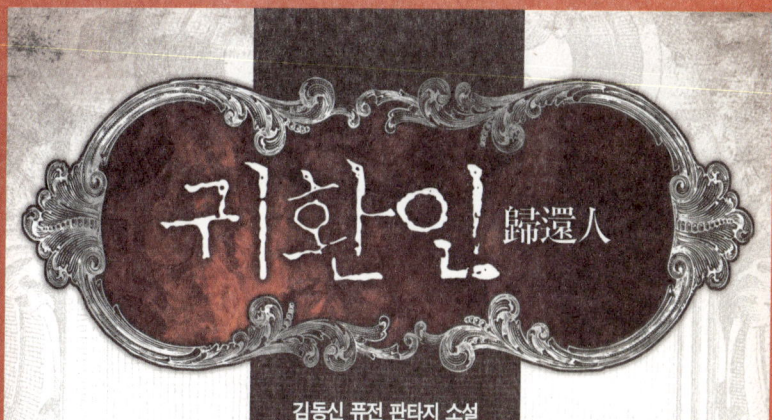

귀환인 歸還人

김동신 퓨전 판타지 소설

모든 마수의 왕 베히모스.

그의 유일한 전인 파괴의 마공작 베르키.
마계를 피로 물들이고 공포로 군림했던 그가
드디어… 꿈에 그리던 한국으로 돌아왔다.

"친구들아,
나 권태령이 드디어 돌아왔어!"

피로 물들었던 마계의 나날을 잊고
가족과도 같은 친구들과 지내는 생활.
그 일상을 방해하는 자들은 결코 용서치 않는다!

살기가 휘몰아치는 황금안을 깨우지 말라!
오감을 조여오는 강렬한 퓨전 판타지의 귀환!

Book Publishing CHUNGEORAM

유행이 아닌 자유추구 -
WWW.chungeoram.com

THE KNIGHTS OF SQUARE

아더왕과 각탁의 기사

홍정훈 판타지 장편 소설

『비상하는 매』의 신선함, 『더 로그』의 치열함,
『월야환담』의 생동감.

그 모든 장점을 하나로 뭉쳐 만든 홍정훈식 판타지 팩션!

아더왕과 원탁의 기사.

전설의 검 엑스칼리버의 가호 아래 역사에 길이 남을 대왕국을 건설한
위대한 왕과 그의 충직한 기사들.

"…난 왜 이리 조건이 가혹해?!"

그 역사의 한복판에 나타난 이질적 존재, 요타!
수도사 킬워드의 신분을 빌려 아트릭스의 영주가 되어 천재적인 지략과 위압적인 신위를 휘두르며
아더왕이 다스리는 브리타니아에 정면으로 반기를 든다!

전설과 같이 시공을 뛰어넘어
새로운 아더왕의 이야기가 우리 앞에 나타난다!

Book Publishing CHUNGEORAM

유행이 아닌 자유추구 -
WWW.chungeoram.com